Good Year Publisher

U0931708

LOVE
Dear

Cheers!
似鬼妹嘅香港人
成長誌
J Lou
林欣

Contents

Yeah!! Yeah
So Sweet
WAH!
Sun flower
Hi!!
I LOVE HONG KONG

Amazing
LOVE
KISS KISS !
你的混血兒同學
Dear diary

和你想像中不一樣的「混血兒」

相信大家都聽過「混血兒」這個詞語，不過大家對「混血兒」又有多少了解呢？

從小到大，我聽過很多對「混血兒」的誤解——例如混血兒家境都非常優厚，不是住在高尚住宅便是住在獨立屋、有前後花園；混血兒大多從小就在國際學校中學習、成長，每天生活就是開派對、外出社交……這些都是我從朋友口中得知的，他們總以為我的生活每天都多姿多彩，而事實上我的成長跟很多朋友想像中的混血兒生活恰恰相反，我打從幼稚園到小學都是念本地的傳統學校，所接觸的事物自然和大部分小朋友一樣。也許最讓人意想不到的是，年幼時的我中文能力比英文強，因為我學習的第一種語言是中文，甚至小時候看電視上的外國電影，我和妹妹都會選擇聽中文配音以方便理解，這習慣直至我們中學時期轉到國際學校念書後才有所改變。

那時我和妹妹在聖心小學念書，全校就只有我倆是混血兒，在我們當時的認知裡，不會感覺到自己和其他小朋友有什麼不一樣，因為小時候不會看到國籍，也不會知道什麼叫做不同文化，只發現到我們與其他同學在外表上有所不同——我的眼睫毛較長、鼻子較高、膚色亦有分別。可能部分亞洲

人的審美觀較喜歡眼大鼻高，有些老師會善意地讚美我們可愛，而我們也相對地較其他同學突出。但從小到大我都是個較為低調的人，不太喜歡別人將注意力全放在我身上，直到有一次，英文老師當著全班同學的面前，送了一份聖誕禮物給我，原因是老師覺得我有點像「鬼妹仔」很可愛，這樣反而令我感到有點尷尬，其他同學都看著我，都覺得老師很偏心。老實說其實我的內心並不希望自己得到任何特別待遇，只想和其他同學一樣上課，不過即使是小學，其實也是社會的小縮影，亦令我初次感受到作為混血兒的無奈，也發現了自己和別人有一點不一樣。

小時候的我已經是個典型的陽光小孩，喜歡主動去做任何有興趣的事。眼見當班長可以幫老師收功課、維持秩序，內心也一直躍躍欲試當班長的滋味，所以到了二年班級時我便鼓起勇氣參加了班長選舉，可惜當時沒有多少位同學願意投票給我，出於好奇的我亦有詢問過同學，難道他們覺得我不能勝任嗎？印象較深刻的是有位同學對我說：「反正老師喜歡你，就算我不投票給你，老師都會選擇讓你當班長，所以我就不投票給你了。」那時候的我不太明白這話背後的意思，未算太過失落，幸好在畢業前也成功當過班長，算是達成了當時的目標吧。

LOVE

第三文化小孩 Third Culture Kid

意指一個「在孩童時代期處於一或多個不屬於自己的原有文化中，在學習適應另一個文化的過程一段時間後，漸漸的將原本不屬於自己的文化特質及思想，融入自己原有文化中」的人，他會與身處的文化環境建立關係，但不受任一個文化的全部限制。這個人的文化背景是由原生家庭的第一文化（雙親也有可能是不同文化的），和他成長當地的第二文化，所融合而成的第三文化。（網上資料）

因為是混血兒的關係，老師和同學們都會比較好奇我的背景。到底我的外國血統來自爸爸還是媽媽的呢？在家中是使用哪種語言？可能是因為成長於傳統小學，身邊的人對於「第三文化小孩」（Third Culture Kid）這個名詞都沒什麼概念，甚至我也是在進入社會，上網接觸社交媒體後才第一次聽到「第三文化小孩」這名詞，所以當時的我也不知道「第三文化小孩」在往後將無時無刻地影響著我的身份認同。當然，我們也明白大家都是在初相識時才會出於好奇而發問，但實情是我們多年來已回答過無數次這些問題……所以有時確實會感到有點累。而在我開展拍攝短片的事業一段時間後，漸漸認識到更多成長背景相近的人，從而了解到身為「第三文化小孩」是怎麼一回事。

我認識到的「第三文化小孩」大多是出生於美國、加拿大或澳洲的亞洲人，他們當中有的是父母在中國、馬來西亞或香港出生，「第三文化小孩」自小便跟隨父母移民到其他國家，在跟父母原生家庭完全不同的文化下成長，總感覺自己好像永遠不屬於任何地方，因此對於「第三文化小孩」的感受比我更強烈得多。

然而，即使我能說出流利的廣東話，也能寫中文，我也會被其他人視作為「鬼妹仔」，慶幸在幼稚園和小學階段，可能大家年齡尚小，因此同學間都不會有一些標籤，所以我在學校裡也結識到不少朋友，童年也過得相當愉快。

LOVE

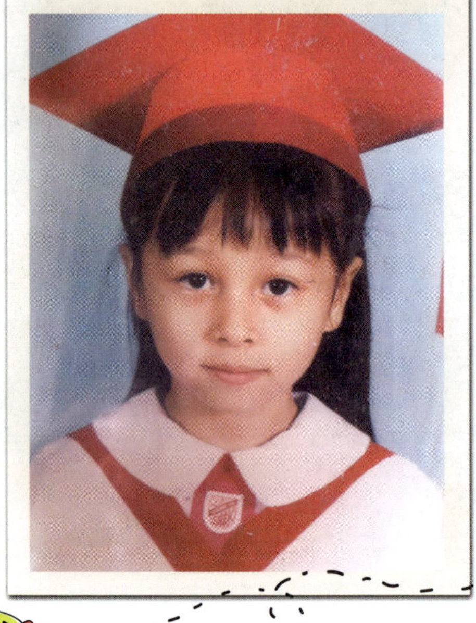

Yeah!!

轉校到國際學校

香港是個多元文化社會，中西文化結合，因此學校也有分好幾類，大致上可分為國際學校及本地學校。一般來說，國際學校通常較注重培養學生的批判思考、創造力、動手能力和跨文化意識等，教學方法也較為靈活和多元，例如採用小組討論、項目式學習、實驗室實驗，讓學生以生活式教學，將知識融入生活，而本地學校則較注重培養學生的知識掌握、考試技巧、整體競爭力等，教學方法較為嚴格，例如採用講授、練習、測驗等訓練學生，令學生在各個考試中突圍而出。

家人對於我和妹妹的學業進程是相當有計劃，由於定居在香港，他們就讓我和妹妹先學習中文，尤其廣東話，也學習寫中文字。至於另一個原因是因為相對其他語言，中文和廣東話是較困難的，從小培養會較容易學懂和應用，所以我和妹妹就在傳統本地學校渡過幼稚園和小學階段。當我們 11、12 歲升上中學不久，家人就安排我們轉校到法國國際學校，那時的我們才開始學習英文和法文這兩種語言。

主要為非港人的子女提供教育，然而大部分國際學校都接受香港本地學生申請。香港現時大約有六十所國際學校，會按所屬的國家提供不同課程，校內的學習制度，考試制度跟香港大部分本地學校的主流課程不同。(網上資料)

不過能夠順利入讀法國國際學校，其實也不是必然的，過程中也充滿著各種巧合下才成事。雖然父親是法國人，但要報讀香港開辦的法國國際學校還是需要面試的，主要是測試數學和英文能力，以評估學生的程度是否適合這所學校。當時只有 11 歲的我在傳統學校已經建立了自己的朋友圈子，亦不太了解國際學校的教學模式，所以根本不想轉校。記得年幼的我唯一能做的就是故意把明明懂得回答的數學題一一答錯，希望可以因為資質「不足」而未能入讀國際學校，那就可以繼續留在傳統學校跟原本的同學一起上課了。

但沒料到一場環球金融危機，使我的如意算盤無法如願打響，而這次轉校也成為我人生的轉捩點，擴闊了我的眼界和生活圈子，改變了我往後的人生。

香港的國際學校選擇不多，而且學費一點也不便宜，甚至比本地大學的學費還要貴，一個月動輒便以萬元計算，不過學額依然非常搶手。由於香港是一個國際化城市，進駐

的跨國公司非常多，而跨國公司又會從外國派遣員工到香港工作（以金融機構為主），一來便可能是數年，所以選擇長駐的人也不計其數，他們大多會選擇舉家搬到香港生活。公司通常會為這些外籍員工提供不同福利，其中一個就是為外籍員工子女提供國際學校津貼。然而，2007 年至 2008 年的環球金融危機令到全球經濟跌入谷底，許多金融機構也開始裁減人手，或是重新分配資源，減少派遣外國員工留港，間接讓許多本來已報讀國際學校的家庭決定徹銷他們的入學申請，而我就在這個退學潮下成功被錄取了！

記得當時爸爸告訴我成功獲得法國國際學校錄取時，我真的很驚訝，亦覺得有點匪夷所思：明明還故意在考試中表現差點，還是未能留在原本的學校……

也許一切都是天意吧，我也相信一切都是命中注定的。

長大後回頭想想，小時候的我真是太天真了，要是我沒有入讀法國國際學校，整個人生也會改變，也許就不會從事拍攝短片這條路了，現在想起 11 歲的自己，總覺得小朋友就有一種無所畏懼的傻勁呢，幸好上天仍然為我留了這個機會，不然我就白白地錯失了這個改變一生的契機了。

LOVE

MOET
MOET & CHANDON

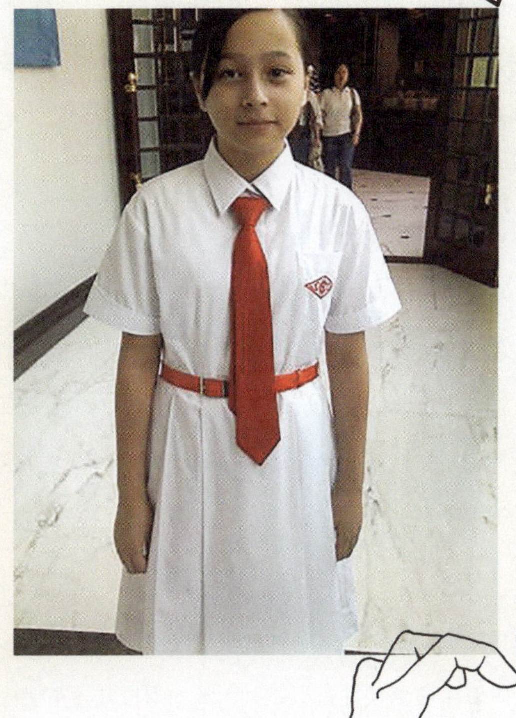

I LOVE HONG KONG

本地生的國際學校文化衝擊

小時候真的沒想過，有天我會在國際學校讀書，當時總感覺國際學校跟我距離很遠，也無法想像到在國際學校讀書的情況。但回想起就讀法國國際學校的時間，我覺得那是人生中最難忘、最無憂無慮的日子，沒有大人們的工作煩惱、沒有家庭壓力，現在想想也令我非常回味。

從本地學校轉校到國際學校，是我人生其中一個重要契機，入學那天更稱得上是我的世界開始轉變的一天。我在學校裡認識了很多不同國籍的同學，更感受到不同國家的語言、文化，原來每個人都可以那麼不一樣，這裡就像一個文化大都會，集合了來自不同地區的人，讓我大開眼界，亦感到非常興奮，很期待我的校園生活！

非常慶幸自己分別讀過本地學校及國際學校，就個人體驗來說，其實兩種學校性質很不同，本地學校較注重個人發展，希望每一位學生都能品學兼優，而國際學校則較注重多元發展，要求學生在性格、思維方面等都能開拓視野，所以教學方式以互動為主。分別真實感受過這兩種環境後，為我日後的創作提供了更多靈感。

如果要仔細比較兩者的分別，我覺得傳統學校是比較嚴肅同時有規範的。就像我當時就讀的天主教學校由修女當校長，無時無刻都在提醒著學生：上課要坐姿端正，不准聊天……大部分課堂都會在同一個課室上課，連小休、午膳時間都需要留在課室。除此之外，傳統學校的教學模式較為著重知識的掌握，為我在書本上的知識學習打了很好的基礎，以致當我轉到國際學校後，某些科目的成績也較為優異。然而，國際學校的教學模式則較為自由：例如在課堂中間會有十五分鐘的討論時間，在這段時間內學生可以自由活動，和同學小組討論課本上的內容，亦沒有規限需要用哪種語言討論，可以自由使用英文／法文。這種教學環境鼓勵著我去思考、充分發揮想像力，更勇於表達自己的意見，而且沒有太多例如先舉手後發言等的硬性規矩。

既然在兩所教學模式完全不同的學校就讀過，很多人都會問過我有沒有什麼趣事可以分享。其中一件較深刻的事，就發生在我剛轉到國際學校的第一天，小休時段本來大家都在聊天，突然鐘聲響起，同學們便馬上收拾書包離開課室，那時候我嚇了一跳，還以為是火警演習呢！最後才發現原來國際學校的每一堂課都要到不同的課室上課，體育課時甚至

會離開學校到不同的運動場地上課，這些都是我以往從未體驗過的。對很多人來說這些都是很普通的經歷，但對那時候的我來說卻是十分新奇有趣！

在學習方面，大家或許都聽說過香港學校的數學課程較很多國家的數學課程深奧，因此我的數學根基明顯較其他同學紮實，剛轉校時的成績亦是不錯的。但在英文方面就明顯比其他同學遜色，而且老師都是外國人，在語文方面的教學方式比較生動，剛開始時我真的有點不適應。幸好，在雙文化的家庭環境下成長，我在語言學習上總算有點天份，努力了幾個月就能跟上進度了！不過可笑的是我的數學成績因而差了，哈哈！其實我的數學成績在傳統學校裡一向都不突出，很多時候都需要依賴補習老師幫忙。在我開始拍片後都曾以兩種學校的教學方式、溝通語言差異作題材，詢問觀眾有沒有同樣的經歷，同時也想以過來人的身份跟他們分享一些心得，像是如何適應不同的文化環境、和不同背景的人相處、如何學會溝通等等，都是我在剛轉校時所經歷過的問題，加上當時身邊跟我有相同經歷的人就只有妹妹，所以我們很清楚在這種轉變下很需要同路人的鼓勵並給予自信，為自己確立清晰的目標，才能好好地適應新環境、融入新圈子，再慢慢建立自己的交友圈。

或許很多人也知道，另一樣國際學校跟傳統學校分別較大的就是沒有校服，大家都是穿便服上學，非常隨意，很多人就會想，可以隨便穿搭自己喜歡的衣服不是很好嗎？但對我來說，卻是另一道難關。由於以往都是穿校服上學，所以我從沒想過自己需要配搭衣服，對於當時只有 12 歲的我來說，在青春期下自然很在意同學的目光，也難免會跟其他同學比較——同學們可能已經穿得很時尚，也很有自己的風格，懂得配搭有品牌的手袋；相反自己卻尚未建立對時尚的概念和個人穿搭風格，難免會比較害羞。記得當初每到晚上就會開始擔心明天的衣著會不會很不好看，又想像同學們會怎樣看待我，而這種缺乏自信或自卑都是轉到國際學校後才產生到的感受。另一方面，由於小學是天主教女校，沒有男同學，所以轉校後也要學習如何跟異性同學相處，對當時的我也構成了一定壓力。轉校前，我是個喜歡主動參加活動的學生，非常活躍，只是到了新的環境後難免會比較緊張，好像要很用力融入別人的環境。當時年紀尚小，真的很容易受朋輩影響，長大後才知道兒時的我真的太多幻想了。

轉到新學校大概一個多月後，在老師和同學們陪伴下，我很快就由戰戰兢兢變成十分適應，慢慢地更是愛上了、享受著這個新環境和這所新學校，輕鬆的教學模式令我很快便能

放鬆心情，大部分同學都和我一樣擁有外國人的外觀，跟同學相處時因而比以往更沒有壓力，跟同學玩耍也成為一件很有趣好玩的事。

日子久了，我就發現自己很喜歡了解不同國家的文化和習慣，或者研究他們與其他人的互動當中有著什麼差異，文化與文化之間存在哪些衝擊……各種文化之間的生活細節都令我相當著迷，所以那時就開始有了分享不同文化生活的念頭。

我在本地學校讀書時的英文程度普通，當時還有很重的本地口音，所以我現在可以很自然地在影片中扮演我媽媽 。轉到國際學校後，除了能促進我的語言發展外，亦改變了我本來的性格。記得班內可能集合了五、六種國籍，我們可以透過與同學相處的過程中，和不同文化背景的人交流，自然會了解到其他國家的文化，亦能出於本能地學習到不同語言。而且在學習一種語言的同時會了解到語言背後的文化，開拓了我的眼界，亦突破了原有的思維模式，讓我增長不少見識。當時的我覺得在學校裡學到的事物可以讓我整個經歷都變得多元化，亦能從中了解到爸爸從小被培養的法國文化，使人生更為完整。

KISS KISS !

I LOVE HONG KONG

國際學校會讀什麼？

和一級大約有 7 至 8 班、每班約有四十多人的本地傳統學校不同，國際學校通常是以小班教學，一班大概只有二十多人，而且每年級只有 1 至 2 班，可想而知學生人數真的十分之少！不過正因如此，老師們就能有更多時間專注於不同學生身上，所以我們上課時也比較專心，因為一不專心就很容易被老師發現；相反，當遇上想進行討論的題目或是有自己的見解時，發言機會就會增加，老師亦很鼓勵我們發表意見，發言前也不需要得到其他同學或老師的准許。另外，小班教學之下同班同學也會變得很親近，就像一家人似的。但以我所知，有些國際學校收生會較多，每級約有 5 至 6 班，只是剛好我所念的學校是超小班教學而已。

不知道大家是否都一樣？讀傳統學校時，我只會跟高一級或低一級的同學聊天玩耍，總覺得自己和「師兄、師姐」年紀差太遠沒太多共同話題，難以溝通。以前的我總會很期待認識多些跟自己相似的人，而在國際學校中，我就認識了很多跟我擁有同一處境的混血伙伴，令我對學校、對香港變得更有歸屬感。

在課堂活動方面，國際學校的選擇較多元化，有些是較著重學生的創意，例如每星期的話劇班是我們學校的必修科目，

課堂內容鼓勵學生幻想不同的處境，然後要思考如何應對，假如別人問你一條有趣的問題時，你該怎樣回答呢？還未念國際學校前我就發現自己可能是個很有表演慾的人，而話劇班更讓我確認自己很喜歡表演。和其他學校一樣，國際學校每年暑假或聖誕節前都會舉行唱歌比賽（我們叫 Summer concert 和 Christmas concert）我是唯一一個每年都會參加個人和小組表演的學生，我是真的很喜歡唱歌和表演，還記得有年跟同學合唱完，之後就是我的個人表演。幸好參加者不多，所以同學、老師們也不介意讓我多唱一首歌，展現我的表演慾。

課餘運動方面，國際學校的課程讓我們接觸到一些在香港不太流行，但其實非常有趣的運動，我很喜歡的就是欖球（Rugby），前前後後打了超過十年。另外還有投球（Netball），投球本來是一個以女生為主的運動，但現時的參加者已不分男女了。

衍生自歐洲古代民間傳統足球，起源於英國，是以橢圓形球進行奔跑，推進而得分的團體球類運動。（網上資料）

LOVE

投球Netball

盛行於英國、澳洲、新西蘭、南非、新加坡、斯里蘭卡及牙買加等地。香港的投球運動主要由外籍人士參與，屬於較少本地人認識的運動項目。（網上資料）

國際學校的學生來自不同國家，雖然念的是法國國際學校，但學生還是以英文作為主要溝通語言。學校有兩種課程可供選擇，第一種是全法語交流課程，不論課堂還是功課都是以法文為授課語言，這種課程直接由法國政府資助，學費相對便宜、甚或免費的，吸引很多同學選擇，因此班別也比較多，大部分學生的雙親都是來自法國，但這就會衍生出另一個問題：學生的英文程度都不太好。

至於第二種就是我所就讀的國際語文交流課程，課程中大部分課堂都是以英文授課，但也會有法文課，讓母語不是法文的學生能更容易理解必修科目的同時，也能學好法文。不過這類課程沒有法國政府資助，學費會相對貴一些。不過，在這樣的環境下學習，使我的英語能力大有進步，校內雖然也有幾位中國／香港同學能以廣東話溝通，但在大部分同學和老師都不懂廣東話的情況下，我們亦只能用英文溝通。在全英語的學習環境下，法文的應用相對較少，大多都是在法

語課時才使用，記得入讀國際學校的頭幾年我都不能百分百理解課本，當其他人在用法文交流時我也未能完全明白，以致花了比較久的時間才能跟上其他人的法語進度。

生於多元文化背景的家庭裡，父母當然希望我和妹妹能夠掌握多種語言，所以我們在學習語言的次序上，都是先學好中文，然後再學習英文和法文。而在國際學校讀書期間，我更學習了西班牙文，過程中發現自己的強項不是本來喜歡的數學或科學，而是語言！我很享受練習不同語言，在學習西班牙文期間，我發現某程度上西班牙文跟法文是很相似的，讓我覺得西班牙文非常有趣，同時較容易跟上進度，最後考獲 A 級成績，讓我非常鼓舞！

另一個國際學校的特別之處，就是每年都會舉辦很多遊學團讓學生參與，記得入學的第一年，我們已經去了法國兩個星期，到中六時也去了泰國兩個星期，只能說跟同學和老師去旅行真的超級好玩！除了遊學團外，學校每年都會舉辦滑雪旅行團，我也是十分渴望可以參加，可惜媽媽告訴我們因為家裡的資金都用於我們的學費上，要盡量避免這種不必要的支出，所以我們從沒有參加過學校的滑雪旅行團，甚至直到去年才第一次真正看見雪。

國際學校學生不用考 DSE ？

與一般本地中學生在中六時需要參加香港中學文憑（HKDSE）考試不同，我在國際學校讀的是國際文憑課程（IB）。IB 課程在全球範圍內廣受認可，當然也適用於香港各間大學。回想起來，我發現 IB 課程的難度超乎想像，比我在大學期間學習的內容還要困難許多！但正正因為我修讀和應考的是難度較高的國際文憑課程（IB），所以大學的課程不需跟 DSE 考生一樣讀四年，我們是可以扣減一年，大學只需要讀三年就可以了，而我十分認同這安排，因為國際文憑課程（IB）實在太難了！

在完成國際文憑課程（IB）考試後，我也開始為自己的前景打算，我的同學幾乎全部都打算前往國外深造，準備體驗獨立生活的滋味，年輕時總是喜歡接觸新事物的嘛。當時的我自然也十分渴望能夠到國外求學，為了說服家人和得到他們的支持，我甚至製作了一個 PowerPoint 演示文稿，列出我想去的國家和學校，並逐一介紹這些學校的優點，同時比較如果我留在香港讀書時可能會面臨的不利因素。我希望透過這些利弊來讓家人了解我的想法，以 PowerPoint 打動家人的心，說服他們讓我到外國念書。但父母的考慮總是比較周全，也相對傳統，媽媽當然是希望我留在家人身邊，尤其是一個女孩子出國，會擔心我自己出國的安全問題。所以我未能如願前往外國深造讀書，只記得當天晚上我悲傷地大哭了一場，然後留在香港讀大學。

由於我的 IB 成績並不算太高分，而我亦沒有太大的興趣要當律師或醫生這類專業人士，因此我就以最擅長的語言範疇為目標，最終順利入讀香港城市大學的翻譯及語言學系。香港城市大學的語言學科在各間大學中享有盛名，排名也相當優秀。所以當我得知自己能夠入讀城大時也感到非常開心！

香港城市大學翻譯及語言學系

香港城市大學翻譯及語言學系屬於文學士課程，總共有 8 個必修科，包括翻譯基礎、文化與翻譯、中英語法比較、翻譯理論、實用翻譯、雙語文本研讀、傳譯初階和傳譯進階。

（網上資料）

之前提到由於 IB 課程與 DSE 課程在難度上有點差距，報考 IB 的我能夠比報考 DSE 的學生少念一年大學。所以我是不需要修讀第一年的全科學習，因為在四年制的大學學習歷程中，一年級生需要修讀全部科目，到了二年級開始便可以選修自己想讀的專科。因此當我直接進入二年級時，我便一口氣選好了自己想讀的科目——翻譯系。

成為翻譯系中的「異類」

記得選擇了翻譯系後，翻譯系院長便約我會面，他說我是城市大學翻譯系歷史上第一位混血兒學生，算是一個「異類」(Anomaly)。由於大學的翻譯課程主要圍繞中英翻譯，對學生的中文能力有一定要求，包括寫作、閱讀，以及最重要的理解能力。因此翻譯系的學生通常都是華人，包括香港和中國內地的學生，而我就是第一位混血學生了，所以當我進入翻譯系的課室時，我又變回那個「與眾不同」的人了，哈哈，不過當時已經是大學階段，自然沒有了小時候那種自我懷疑的想法，和朋友、同學都相處得很好。

由於我就讀國際學校，也算是成長於英語環境中，所以我的英文水平自然會比其他學生高一點，相反，我的中文水平就會比他們稍遜一籌。這種分野使得我從外表到學習模式都成為了一個典型的「異類」。翻譯系院長告訴我，由於我和其他同學的中英文能力水平存在差異，所以我的考核評分方式也應該有所不同，考試標準也會有所調整。在我的大學生涯中，好幸運地遇上一位教授體諒我和其他同學之間的能力差異，上課時會考慮到我在英文有優勢和中文相對較弱的情況，花多點時間向我解釋只有我不明白的地方，我一直都非常感激這位會認真對待我的教授。我知道並不是每位教授都有空

餘時間能幫助我，所以我亦會主動向教授詢問一些班中只有我不明白的問題。不過，有時候我也會為了這個「異類」身份而感到有點不公平：教授們似乎接受了其他學生的英文能力會有所不足，並覺得沒有問題，相反我在中文能力上的不足卻未必能被理解。當然，我也理解大學跟中學不同，學系中的學生人數眾多，教授也未必有時間關心每一位同學，所以當時我在中文方面也下了不少苦工。現在回想起來，那時的遭遇其實絕非壞事，始終學到的知識是自己的，要不是經過大學那幾年的中英文訓練，現在的我也可能無法流暢地說中文。

由於需要考核我們不同範圍的能力，所以翻譯系的考試形式也較多樣化，有時可能是將中文文章翻譯成英文，有時則相反，由英文翻譯成中文，還會播放一段演講錄音，要求學生即時進行翻譯。對其他同學來說，考試的困難之處主要在於由中文翻譯成英文的部分，但對於我來說則是由英文翻譯成中文的部分，兩者有著明顯的差異。

這種被視為「異類」而不被理解的情況至今仍不時困擾著我。就在不久前，我報名修讀高級法律翻譯課程，要修讀這

個課程前我還需要先完成一年普通法律翻譯課程。記得有天我如常上課，本來在教書的教授突然指著我，詢問我是否走錯了教室，這裡是用廣東話授課的。那時我用廣東話回答教授：「不用擔心，我能夠理解你的說話。」當下我以為這樣便可以繼續上課了，但他卻帶著疑惑的目光，要求我讀出寫在螢幕上的幾句中文字。正在上課的我覺得非常尷尬，但還是按他的指示念了。教授之後還繼續追問我為什麼會懂中文，問我是什麼人……同時很好奇為什麼我這個「鬼妹仔」外形的人會懂廣東話，我知道教授的舉動是出於好奇，希望能了解我更多，但我真的感到非常尷尬、難以置信和疲累。為什麼到了現在，我仍然需要用這些方法來證明自己，向其他人解釋其實我也是屬於這個環境？到底何時才能真正地融入呢？ When will I be enough ？

Sports Centre

同一個課室內的陌生人

大學經常會舉辦一些交流項目，我們稱之為 Elective Land，是大學的必修科，這正是我最期待的環節呢！於是我便選擇了一些交換生課程。

事實上，我大部分的大學朋友都是交換生，因為我比較擅長英語溝通嘛。還記得有一門較專業的翻譯課，我只花了半年時間學習，很快就能掌握了！我向來喜歡交朋友，所以大約在第五堂課時，我便試著和隔壁的同學討論教授正在講解的內容了，可是過了一會兒我就發現他們好像不太明白我在說什麼，也不太理解教授剛剛教的內容，還好奇我能否聽懂廣東話，不然的話為什麼那麼輕易就明白教授教的東西？我當時感覺有些奇怪，他們好像沒有把我當成同學，反而像是一個陌生人。

我知道自己和同學們在外表和打扮上不太一樣，而且看他們和我交談時略帶緊張，加上長期說英文下使我的中文口音變得和一般香港人不太一樣，使我越來越不敢和他們交談，除了小組討論功課外，我未有跟同學建立起深厚友誼，而且在媽媽出於擔心下也不允許我獨自在外面認識別人介紹的朋友，所以每天放學後就回家，也沒有參加課外活動擴闊社交圈子生活，那段時期的我亦變得較為內向。長大後當然明白

因為那個年齡是很容易學壞，媽媽用心良苦才不讓我胡亂認識朋友，只是那時賭氣的我亦沒刻意地結交更多朋友了。

自此之後，我開始習慣在學校或是課餘時沒有社交的生活。一段時間後，我覺得這樣的想法非常浪費自己的大學生活，始終大學生活應該是人生其中一段美好的青春時光，亦只會經歷一次就再也不會回來了，所以我就決心想改變！

大學遺憾事

據說我讀的城市大學，是全香港提供最多交換計劃的大學之一。

曾經，我很渴望到外國深造，所以看到學校提供相關機會時，自然沒有放過。我照樣製作了 PowerPoint 給媽媽，想告訴她學費上是沒有增加的，但因為外國的生活成本較高，可能需要多點生活費，這是我人生中唯一一次的大學生活，雖然能在香港能夠讀大學已經很開心了，但也希望能夠到外國見識一下，我真的不想錯失這個機會，希望媽媽能理解。很可惜地，這次我最後也沒有成功說服媽媽，現在回想起來這也許是我大學生活裡最遺憾的事了。

每當我說到家裡很嚴格時，很多人都會感到疑惑——爸爸是「鬼佬」的家庭一定會比較開放吧？跟其他家庭不同，我們家的「老大」是媽媽，媽媽是個很傳統、做事嚴緊，同時也是個很容易緊張的人。爸爸的性格較易話為，所以事無大小，大部分家裡的主意都交由媽媽決定。經歷過這些年的成長後，我和妹妹便能體會到媽媽對我們的那麼嚴格就是源於緊張和擔心，只是小時候我們不太明白，便產生了誤會，

長大後自然懂得他們都是用心良苦。

後來，當我嘗試了不同事情後，媽媽也慢慢抱持一個較放開的態度，也發現孩子需要多一些經歷才能成長。而我亦盡力向她證明我能照顧好自己，讓我見識多點才懂得分好與壞等等。雖然小時候錯過了前往外國讀書或是作交流生的機會，但有時想想，所有事情都是命中注定的，就像我常說的「Everything happens for a reason」，如果我中學畢業後到外國讀書，我就不會在大學二年級那年認識了我現在的丈夫蛋哥，或許也不會有時間去創作、走上拍片這條路，某程度上我認為拍片是我和全世界溝通的方式，在我的創作世界中，我可以短暫地逃離現實世界，在我的世界中進行角色扮演，引起觀眾共鳴，也算是彌補了小時候很想出國留學的一個小遺憾。

正因為我留在香港，才能觸發到我想拍片的念頭，回想起我在 2017 年開始拍攝第一條片時，只知道自己喜歡表演，所以抱持一個開心、想試、想玩的心態去做，當時還未有「Content Creator」這個詞語。當然後來我也經歷了一段

迷失，好像除了開心外，還可以嘗試做點什麼的，只是當時找不到自己的出路。直至收到 Viu TV 節目《挑機》的主持人邀請，我才好像真正被公眾認識似的，也讓我開展了另一個新範疇。

有時我也會在想，如果沒有當上 YouTuber 的話，現時的我會在做什麼呢？

現在我還有和讀翻譯系的同學保持聯繫，他們大部分都是從事文職工作，可能是翻譯文件、小說，也可能是其他相關工作，像是文案撰寫之類。但我在大學畢業前已經知道自己應該不會從事翻譯相關工作。而在做了很多兼職後，我有想過自己可以成為一位老師？因為我真的很喜歡小朋友呢。

sachtler

大學五件事？

我相信每一個人在上大學之前，都會對大學生活充滿憧憬，很多人覺得終於自由了——可以住宿舍，擁有個人空間；參加各種學會認識新朋友，不用天天再考試讀書，就好像努力讀書那麼多年，就是為了可以考上大學，享受其他人口中的自由生活。

聽說過「大學五件事」嗎？「大學五件事」（讀書、住hall、拍拖、上莊和做兼職）就像是大學生的生活重要事。但是，我沒有住 Hall，所以無法完全實現這些「五件事」。至於其他嘛，我們先從拍拖方面開始說起吧。在學期間我都有拍拖，所以這是我第一個達成的「大學五件事」，不過，和念女子中學或男子中學的同學不同，由於我在中學時已經是念男女校，對跟異性相處這方面興趣沒有太大，所以老實說拍拖並不是我所專注的地方。

相反，我對做兼職這部分就比較感興趣了，可能是因為我所讀的科目相對輕鬆，功課壓力亦不算太沉重，所以我花了很多時間去做兼職，學生時期總是希望能多賺點錢做自己喜

歡的事嘛。當時我為自己設立一個目標——希望能獨立生活，為了實現自己夢想，我差不多每天下課後都會去做兼職，在努力奮鬥中過得非常充實。

從小家裡就不是非常富裕，在學時期的我零用錢不多，所以我所花的每分每毫都會想清楚。那個年紀的女孩子難免喜歡比較，有時我會很羨慕那些家境較富裕的同學有屬於自己的信用卡，或者每周有多少零用錢可花，相信有觀看我影片的觀眾都知道我家是比較傳統的，由於家裡每天都會煮飯，便覺得我不需要在外出吃飯和住宿，用不著那麼多零用錢。只是我很想跟同學、朋友一起出去玩樂消費呢。

因為我很喜歡小朋友，自小的願望便是希望當一位老師，所以我便想找一些照顧小朋友的兼職工作，主要是五歲以下的幼兒導師。於是在 Facebook 上加入了幾個家教群組，群組集合了求職者和家長，讓家長尋找適合當家教的人選。當時我很渴望能找到工作，所以非常努力地將自己的資料分享到這些群組，希望家長們能看到我的認真態度和優勢。很快我就得到了回音，有幾位家長都對我的資歷感興趣，也因此

得到了很多工作機會，那年暑假我的時間表都被排滿了。雖說我是在工作賺錢，但其實我很享受和小朋友相處，也從他們身上學到了不少東西，而這段時間亦成為了我大學時期的一段寶貴經歷。

當初決定做補習兼職時就有朋友告訴過我，這類型的兼職每月收入可達兩千元，這個金額對當時的我來說已經是超乎想像了，如果每個月能有這兩千元，我便可以跟上同學的消費，很快便能獨立生活了，結果我在一個月內賺到差不多一萬元，是二千元的五倍呢！我當時真的非常開心，從未想過自己能賺到這麼多錢！那時我大概有四至五個學生，每個學生每周見面三次，他們的年齡較小，大概只有兩、三歲左右，剛剛開始學會說話。家長們也只是希望孩子能在玩樂過程中能學習英文、廣東話的用法，後來發現有些家長都會在群中推介我的教學呢！我的雙文化背景便對我的教學很有幫助。

前面提到我最擅長的始終是英文和廣東話，所以最常教的就是這兩種語言。不過也有一位學法文的學生，家長要求的課堂時間比較長，令我感到少許壓力，但我還是很努力地準

備和完成每一堂課呢。

還記得有位小朋友，他的雙親都是香港人。第一堂課正式開始前，他還不會說話。但上課六個月後，我已經教會他開始說些英文和一點點廣東話了，那時候我真的感到很有成功感和覺得很有趣。後來我再想了一想，畢竟家長都是香港人，應該會希望他說的第一句話是廣東話才對吧？不過我想他們的工作可能實在太忙了，較少和他說話，反而我每個星期見他三次，用英文和他溝通玩樂，帶他去圖書館、還帶他去吃午餐。結果，他現在就成了第一語言是英文的孩子，我覺得這樣的小朋友真的很可愛，而我也真的十分享受這個過程，可算是寓興趣於工作。

在教了一對一補習三年後，我覺得自己算是儲夠了經驗，於是我就到幼稚園工作了一個月。這份工作就和我的另一個夢想——音樂有關。

幼稚園對師資的要求較嚴格，雖然我有教小朋友的經驗，但就沒有相關的教學資格。幸好，幼稚園當時覺得做音樂兼

職的話，沒有相關的教學資格還是可以接受的，而我從四歲開始就一直學習彈鋼琴，是我在音樂方面的最大資歷。

我學鋼琴的過程也十分有趣，從三歲起我就開始向家人表達想學彈琴的意願，一開始家人都不以為意，但我沒有放棄，一有機會就跟家人表達。直到有一天，爸爸跟我約法三章：如果一年後我還保持著這樣的渴望，他就會同意讓我去學習鋼琴。畢竟，只有三歲的小孩子可能只是出於好奇，什麼都想學一學。但我會執著於學鋼琴，主要是因為爺爺，雖然他在我出生那年便過身了，但我經常從家人口中聽到他的故事──他是一位專業音樂家，精通不同樂器，聽後我真的很崇拜他呢！可能是遺傳的關係吧，我也有一點點音樂細胞，即使不曾與爺爺見面，骨子裡也有那種對音樂的嚮往。這份堅持使我最終可以學習鋼琴，亦讓我覺得自己跟爺爺有一點點的連繫。

對了，不是說「大學五件事」嗎？是的，我只做了兩件。

Yeah!! Yeah!!
WAH!
Sunflower
Hi!!
I LOVE HONG KONG

大學生的省錢大計

大學期間的我，無論在學習和工作方面都是非常勤奮，為了想把儲下來的錢用於將來獨立生活時的開支，一直都十分節儉。還記得當時不論下課或下班後有多餓，為了節省一餐飯錢，我還是會忍饑受餓地回家，吃媽媽煮的飯。實行一段時間的節儉至上生活後，我終於在大學畢業前的一個月，成功租房子搬了出去。

當我大學畢業、獨立搬出去住後，有能力賺錢，就再沒有向父母要求過任何金錢上的支援了，也為媽媽這位傳統亞洲女性提供不能或缺的家用呢，哈哈！

大學時期的經歷對我現時的性格影響很大，至於誰改變我最多⋯⋯首先想到的當然是蛋哥。雖然我們不是在大學裡認識的，但都是在那段時期認識的。當時他剛大學畢業，一邊做著兼職工作，一邊找適合自己的全職工作。那時候只要他不用上班，就會來接我放學，又或是送我去上班，所以我們有很多相處時間，他幾乎是我每天的開心來源呢。

另一個需要感謝的絕對是媽媽，雖然她在很多方面都很嚴格、很傳統，但嚴母出高徒，她的認同是我努力上進的動

力，也會勇於尋找難度高的工作：做小朋友的老師，以遊玩的方式教導小朋友語言；還是當家長們去參加派對或晚宴時，我負責當小朋友的保姆，照顧他們直到深夜一、兩點，第二天再上學。這對每天都要準時上學的我來說是個非常有挑戰性的工作呢！此外，媽媽在金錢觀念方面亦以身作則，教會了我不少省錢的技巧。雖然我覺得自己零用錢不夠而去做兼職，但其實在我和妹妹的整個成長中，她完全沒有讓我們感受到經濟壓力，生活一直過得很舒適。歸功於她多年來的節儉和犧牲，我和妹妹才能入讀法國國際學校，其實學費壓力一點也不輕呢！

Yeah!! Yeah
So Sweet
WAH!
Sun flower
I LOVE HONG KONG
Hi!!

Amazing
LOVE
KISS KISS !
你的混血兒KOL
Dear diary

網絡改變了我的人生

在我剛開始拍片時，社交媒體還未到現在那麼普及，只是慢慢開始發展成一種獨特的現象和潮流。記得那時的主流只有 FaceBook，Instagram 尚未面世，連 SnapChat 也是剛開始流行。當時的 SnapChat 有個「story」的功能，朋友們的 story 通常都在分享美食或精彩的夜生活。相比之下，我的 story 卻全是自己正在講一些搞笑故事，就是想跟 SnapChat 的朋友分享一些有趣的事情，雖然不知道他們是否喜歡看，或是我拍得好不好。既然我已經會跟 SnapChat 裡的幾十個朋友分享日常生活，那不如再跟更多人分享吧！就是那一瞬間的念頭，讓我開始想與身邊人分享更多生活小細節，於是我就開始嘗試把影片拍長一點，又或記錄一些我覺得有趣的事物，然後放到 YouTube 上分享，其實也沒在理會有沒有人喜歡看，只像是我生活的一個小記錄，把我的歡樂分享出去。

剛開始拍片時我的心情其實很複雜，既擔心影片的題材不吸引，又糾結該怎樣分享事情比較好，而且和很多人一樣，剛起步時總會在意一些比較表面的事情，例如觀看次數、點讚數，又會去看看誰有支持我等。當時科技網絡發展還未像現時那麼完善。現在於 Instagram 上按一下就可以看到有哪些人在追隨你、帖文有幾多人按讚或是分享。但以前就沒有

那麼方便，在當時，如果想被多些人認識，就必須要有一部爆紅的影片成功爭取曝光才有機會繼續經營下去。那時短片尚未開始流行，YouTube 盛行的都是長片類型。所以我就分開兩種方式：在 Snapchat 上分享很多較短，但我覺得有趣的故事。至於 YouTube 則是主要發布一些十多分鐘的長影片。由於兩種影片的形式、結構都十分不一樣，所以對此我也感到很困惑——我應該選擇拍攝哪一種比較好呢？剛開始時連我自己也有點迷惘，同時亦有很多顧慮，以致找不到自己的定位。所以每當別人問我是如何發展自己的事業時，我也沒有一個很具體的答案，因為沒有人可以一步登天，我也是一步步的不斷嘗試，每個方向都去試，才能慢慢找到自己的特點和定位，從而發展成今天的事業。

除了事業外，我的愛情也與網絡有關。大學時我在交友程式——Tinder 上認識了蛋哥，遇上他後讓我收穫了許多愛，他的樂天性格總能帶給我快樂和鼓勵。例如最初我跟身邊的人談及自己希望能拍攝更多影片時，他們或許只是會回應：「就試著拍吧，儘管看看拍出來後有沒有人看吧。」然而，蛋哥卻總是帶著鼓勵跟我說：「為什麼不拍攝呢？反正拍好上傳後肯定會有人看。你就開始拍攝吧，肯定會成功的。即使這次未能成功，你不再去試試又怎會知道下次不成功呢？你

必須開始才能知道結果的。」蛋哥總是能給我很多鼓勵，因為我是一個很現實的人，常常會權衡成效，但這樣的性格就使我們能互補不足，我總能在他身上找到一些我沒有的優點。有時候我也會想，怎麼才能學習到他這種樂觀的心態？然而我也不知道他是從哪裡學到這樣正面樂觀的態度。直到現在，他還是跟以前一樣，不管我想做什麼事，他總是說：「你去做吧，你能夠做到的。只要你有想做的決心，你就一定會成功。」很慶幸我能找到一個永遠支持我的另一半，作為我的最強後盾，好像遇上任何事都會有人牽著你手同行，碰到任何困難也有人陪伴，連難題也好像簡單多了。

幸好當初我沒有離開香港去做交流生呢。

當然，除了蛋哥外，也要感謝所有一直在我身邊，鼓勵著我的人，例如母親，雖然小時候總覺得媽媽好像會阻止我做很多事情，但正因為她的謹慎，才會有今天這個喜歡拍片分享的我出現，也許這就是天意吧。

LOVE

WAH!

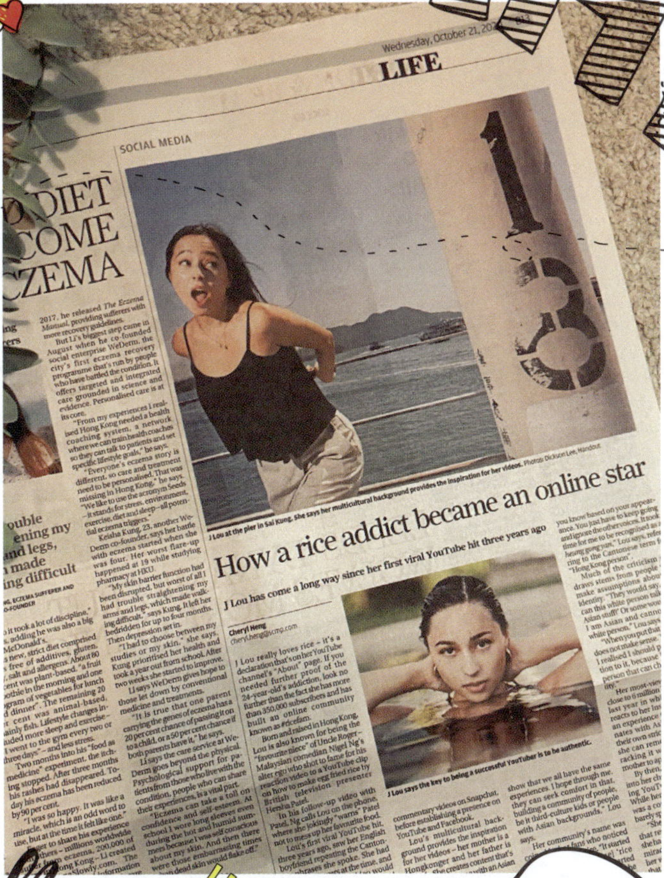

Wednesday, October 21, 2020

LIFE

SOCIAL MEDIA

J Lou at the pier in Sai Kung. She says her multicultural background provides the inspiration for her videos. Photos: Dickson Lee, Handout

How a rice addict became an online star

J Lou has come a long way since her first viral YouTube hit three years ago

Cheryl Heng
cheryl.heng@scmp.com

J Lou really loves rice – it's a declaration that's on her YouTube channel's "About" page. If you needed further proof of the 24-year-old's addiction, look no further than the fact she has more than 350,000 subscribers and has built an online community known as #ricefam.

Born and raised in Hong Kong, Lou is also known for being the "favourite niece" of Uncle Roger – Malaysian comedian Nigel Ng's alter ego who shot to fame for his reaction video to a YouTube clip on how to make egg fried rice by British television presenter Hersha Patel.

In his follow-up video with Patel, Ng calls Lou on the phone, where she jokingly "warns" Patel not to mess up her favourite food.

Lou's first viral YouTube hit, three years ago, saw her English boyfriend repeating the Canton-

J Lou says the key to being a successful YouTuber is to be authentic.

Sun flower

I LOVE HONG KONG

Hi !!

Dear diary

YouTube 帶來的誤會

記得我在大學二年級左右嘗試拍影片，剛開始時當然沒有太多人看我的作品，但不久後作品多了，便漸漸被多點人認識。其中一部早期在YouTube上獲得較多迴響的影片叫「讀U無朋友」，這影片都是我比較深刻的一部，因為在拍完這影片後，我才領悟到影片標題對點擊率的影響力。當然，這影片的標題確實比較誇張，具有一定衝擊性，但不代表我在大學沒有朋友。所以當觀眾如果願意花十分鐘觀看這條影片時，我就可以在影片中分享我的大學生活，例如為什麼我無法住在宿舍、無法參加任何課外活動等。

還記得當時我在上選修課時認識了一位外籍朋友，可能因為大家都是「鬼妹 / 仔」樣，所以我們都頗為親近，無論在校外或校內都常常碰面。

就在我上傳了「讀U無朋友」這部影片後幾天，我在學校遇到了他，正當我揮手跟他打招呼時，他卻走開了。剛開始時我以為只是剛好看不見我，但當事情再發生了一兩次後，我便開始思考這到底是怎麼一回事。我試著發訊息給他，但他已讀不回。最後，我直接打電話給他，問他在忙什麼，他回答：有個朋友給他介紹了我最新的影片。他很驚訝地問我：「我

們不是朋友嗎？你竟然說你沒有朋友！我感到有些失望。」當時我也不太好受，所以打了一大篇文章試著跟他解釋，他的朋友不太清楚明白我的影片，想請他花點時間親自觀看，如果還是不明白的話，我可以再跟他解釋。而另一方面我又在想，如果他這麼容易被陌生人的話影響我們之間的友誼，那我還應該把他當成朋友嗎？如果再發生類似的事時我該以什麼心態面對？我需要些時間適應名氣大了之後要面對的事。他曾經是我心目中最好的朋友，這件事之後我們的關係當然冷卻了下來。

我們畢業六年後的某天，他發了一條 WhatsApp 信息給我，他先在信息中跟我道歉，說他當初不應該那麼急躁，沒有先了解我的影片內容，只看到標題便認為我沒有把他當作朋友。也許幾年間大家也成長了不少，他也改變了心態。於是，我回覆他：「說沒關係，已經過去了，只是我也認為你當初太急躁了，真希望我們當下便解開誤會！」他再次道歉，我也認為無需要執著下去，但我們之間的友情就未能像從前一樣了。這個有關於語言、影片的誤會，就像我的人生一樣，一直有很多因語言障礙而產生的誤會。

我是一個 Youtuber

為了不辜負父母的期望，在學業上我向來都是自動自覺溫習，不讓父母擔心，至於其他決定大多按照家裡的計劃去實行。

除了當 YouTuber 這件事。

父母辛苦地供養我和妹妹念書，大多期許我們能成為一個有用的人。所以剛開始當 YouTuber 時我也感到迷惘，因為連我自己都不太清楚 YouTuber 能不能算是一份工作，當時有一個 K（編按：指一千人訂閱數字）已經讓我覺得很驚訝了，但那代表著什麼呢？我又該怎樣讓父母安心地相信我呢？

幸好當時還有一些網民支持我，讓我堅持繼續拍下去。經營兩年後，雖然我沒有如想像中的好，但已算是穩步上揚，有固定的觀看人數也有自己的拍攝方向，更收到 ViuTV 個節目主持人邀請，這次的機會讓我迅速被更多香港人認識。那一刻，我覺得自己好像完成了一些事情，可以放膽跟媽媽或爸爸說，讓他們不用再擔心我。也在那時，我開始萌生和爸爸媽媽一起拍攝影片的念頭，只是因為當時尚未流行 Q&A 這類型的影片，所以我也不知道這個想法是否可行。

這個想法一直在我的腦海醞釀良久，直至 2019 年，在糾結了一周後，我鼓起勇氣打電話給父親，邀請他們拍攝影片，通過問答加深雙方認識，他們聽到後立馬就答應了！於是，我便開始準備問題，慢慢發現原來自己對父母的了解有限，我們之間的溝通就這樣開始了。

在我當 YouTuber 一陣子後，媽媽看到我從沒問過她拿錢，也有能力自行支付房租、經濟獨立後亦安心了不少。自經濟條件變得理想後，我開始擴大自己的家庭，和蛋哥一起養了兩隻狗，慢慢地，我整個人都變得非常開心。我知道父母一定會和他們的朋友說我過得很好，能夠獨立生活，我知道這種感覺比什麼都來得更重要。拍攝影片的契機讓我重新認識他們，我的身份也從一個小孩子，成長為一個真正的成年人。這讓我承擔起責任，也敢於向他們提問，同時他們也給予了我更多信任，互動也變得更加頻繁。

在我的成長過程中，父母或會覺得我是個很難相處的孩子。他們曾經對我妹妹說，我是個難以捉摸的人。會有這樣的評價能是因為我在青少年時期曾經反叛。父母當然希望子女能夠聽從他們的建議，但當我找到一件想做的事時，他們

卻認為我不應該去做，繼而令我們之間起衝突，這樣的拉鋸讓我很難受。

然而，現在的他們依然不會用言語的方式來表達他們的愛，但從他們接受了我的選擇上，我便知道他們是愛我的。我在其中一次的 TEDx Talk 的分享題目是「我父母不需要說話來表達他們對我的愛」，這是因為我已經理解到他們表達愛我方式不同於其他人，不會直接以說話或是用肢體語言（例如擁抱）。儘管如此，我還是能感受到他們深深的愛。

我無法亦無意改變家人表達愛的方式，只是我更傾向於以傳統方式表達，我較希望他們可以語言或者他們以自己喜歡的方式來表達對我的愛。但作為一個香港人，我能理解這一點。

這些年在當 Youtbuer 的路上，除了觀眾對我的支持外，丈夫蛋哥以及家人都給予我無限支持，他們支持我的方式十分不同，蛋哥一直是我的心靈支柱，一直以來都會不斷鼓勵我，經常跟我說：「無論發生什麼事，我都會支持你的。」記

得剛開始時我對自己沒有信心，覺得怎可能會有人願意付錢給我拍廣告，所以當時連買一台相機也考慮了很久。然而，他卻永遠堅定地告訴我：「你一定可以做到」，就是他這股強大的信念一直推動我向前，見證著今天的我。我本來是個很少表達自己感受的人，但蛋哥非常有耐性，他教會我如何去溝通，當我執迷時，他會耐心地跟我慢慢解釋，融化我。有時候我和家人有點小摩擦、意見不合的時候，他更會擔當中間人的角色，幫助我去理解家人的想法，教會我情緒管理。很多時候我都是這樣被他說服，嘗試站在別人角度，慢慢改變自己心態。他和我性格很不一樣，我們之間能互補，我真的很感謝他，不論任何時候都願意站在我的身旁，無時無刻都給我很多正面能量。

至於父母的支持方式就有點不一，很多時候亞洲人家庭的父母並不習慣以言語表達愛，反而用行動表達：在生活細節上照顧我、每天關心我吃飯沒有、衣服夠不夠等，相信很多亞洲父母都是用這樣的去表達愛，毫不例外，我的父母也是一樣，當然我也感受到了。

記得有位觀眾曾跟我說，是我的影片影響了他——他正生活在一個不是母語環境的地方，他看到雙文化背景的我非常熱愛自己的文化，於是啟發了他決定要重新學回母語。這件事我印象深刻，也令我意識到原來我的影片是有一種無形的正面力量去影響觀眾，這讓我很驚喜，也使我繼續堅持下去。一路走來，當然有高有低，有支持我的觀眾，亦有反對聲音，有時會看到一些惡意留言，甚至收過同行類似「挑機」的信息，起初真的很不理解，既有失落情緒，同時也會放在心上。但人總要學會長大，現在真的有點雲淡風輕了，不再在意這些事情，整個人的眼界亦打開了不少，看到一些不友善或是無理取鬧的留言，我也不會把問題歸咎在自己身上，只會一笑置之。

FENTY BEAUTY
FB
FB
FENTY BEAUTY
BALENCIAGA

LOVE HONG KONG

「我」的家在哪裡？

作為在香港土生土長的中法混血兒，其實我一直對自己的「法國人」身份感到困惑，當中有幾個較深刻的例子——剛轉到國際學校後，我認識了幾位純正的法國人，那時我想向他們表達自己有法國血統，也是法國人。於是我便直接用法語告訴他們：「我是法國人。」當時大家都十分年輕，加上我的外表與純正的法國人有分別（例如頭髮是黑色的，個子也較嬌小）。男生便很直接地否定道：「你不是法國人！」我聽到後的確不開心了一陣子，也用了很長的時間慢慢理解「混血兒」這個身份。直到有天我發現可以把自己的成長處境定義為「第三種文化」，才知道世界上有很多人跟我一樣遇到相同的煩惱，我們可能會比其他人需要多些時間或空間解釋自己屬於哪個地方，哪裡才是我的「家」，但我們並不孤單！

LOVE

第三種文化

由一位美國的社會學家Ruth Hill於上世紀八十年代提出，「第三種文化」意指是一個小朋友成長於與自己的父母原來的文化以外的地方，就會產生成「第三種文化」。

我覺得自己的樣子算是Mix得比較「鬼妹」一點，因此外國人較少質疑我指自己是法國人（當然也有例外，主要是因為髮色）；相反，作為一個土生土長的香港人，從小到大每當我介紹自己是香港人時，質疑的聲音多年來從沒停止過：有人覺得我懂得聽中文，但應該不會寫中文吧？在我跟他們說我懂得聽懂得寫時，他們一開始大多不會相信，然後就會希望我能解釋或證明為什麼外表是「鬼妹」。對我來說，不論解釋多少次都是沒有問題的，但若要寫出來「證明」的話，那就會讓我感到很不舒服了。

或許會有人覺得我很幸運，無論在香港或是法國，去到哪都成了一個較特別的存在，但他們不知道的是，我也必須接受這個「特別的存在」所產生的問題。相比同齡朋友，我花了更多時間去思考和解答自己心裡的問題。幸好混血兒的身份沒有影響或是阻礙到我的人生。最初我也是本著這個初心開始拍片分享我的故事，想讓多點人認識我這個「鬼妹」，或者向其他人介紹什麼是「第三文化」。拍片時我大多會分享自

己的親身經歷，向觀眾講述我的遭遇或者搞笑見聞。每次發布這類影片後，我都會有很多的評論或私信，通常是同類人的感受，表示完全理解我想表達的事情，不論他們在香港或其他地方生活時也感同身受。當愈來愈多人願意向我分享他們的體驗和經驗，我便覺得自己不再孤單，就像在網上找到了一個屬於自己的群組，讓我感受到自己在拍攝影片時能道出他們心聲或處境，這亦一直驅使我繼續拍片——他們的感受會比起我更強烈，例如有的移民後二代、後三代在外地土生土長，有著華人的外表的他們可能連父母的母語都是聽不懂說不明的，他們對「第三文化」便更顯得迷惘或模糊。

年初到香港大球場觀看 Rugby 7 賽事時，發生了一件令我很感動的事。除了有時會受邀請出席一些品牌活動或拍攝外，其實平日的我也只是個普通人，間中到球場觀看球賽、到電影院看電影，又或是去餐廳吃飯。我偶爾會在這些場合中遇到認出我的觀眾，他們都會想跟我拍照留念，在大多數的安全情況下，只要不會妨礙到其他人，我都非常樂意跟大家拍照留念。而當天去觀看 Rugby 7 的賽事時也不例外，一直有不同的觀眾想來跟我談天拍照，唯獨有個很特別的男生，他並沒有要求跟我合照，只是走近過來跟我說：「我很感謝你，你的經歷鼓勵了我，所以我也決心去學廣東話，十分感

謝你！」每次遇到這類因著我的分享而受到鼓舞的觀眾都會使我格外開心。如果真的很想認識父母國家的文化，想學習他們的語言，我覺得無論什麼時候起步都不會「遲」。

在我當上 YouTube 後聽到很多不同人分享他們的故事，我曾經拍攝過一些以法文為主題的影片，當時有很多人留言說他也對學習法文有興趣（我也希望他們可以多學一種語言呢！），然而最多人留言的，便是：「是你讓我認同自己，接受自己。」試想像一下，在某些國家（例如美國），華人被排斥或被歧視的情況可以很常見的，有些在美國成長的亞洲混血兒會否認自己擁有亞洲身份，甚至在介紹自己時也只會單單說自己是美國人。但這種情況近年真的改善了很多。小時候我們看的外國電影中都沒有太多亞洲代表角色，又或只能做一些醜角、配角以及一些刻板印象的角色（如武打角色）。但由迪士尼擁有第一個亞洲身份的公主角色花木蘭；Marvel 電影裡找到以亞洲超級英雄角色為主軸的獨立電影；近來最轟動的莫過於《瘋狂亞洲富豪》(Crazy Rich Asians)，那套電視上映時，我想不單是亞洲人，而是每個人都感到非常震撼，一套荷里活電影居然所有角色都是由亞洲人主演！戲中男主角亨利・高定（Henry Golding）本身就是馬來西亞跟英國

的混血兒，看到同為混血兒的他們都那麼成功，整個混血兒群體也感到非常鼓舞的。我覺得由那股熱潮開始，很多從小受到「第三文化」影響的人才會忽然牽起或是認同自己的身份：「我很驕傲自己是一個亞洲人」。也許部分人以往想隱藏這身份來保護自己，曾經更出現了一個詞語——「Shame of being Asian」，幸好近年情況終於得到改善，也增加了被其他人認同和接納的機會。

LOVE

So Sweet

KISS KISS,

Hi!!

Dear diary

拍片以外，我還想……

不同階段的我常常會為自己訂下目標，然後向著那個目標奮力邁進，全力以赴，不讓自己留下任何遺憾。剛開始拍片時的目標很簡單，只希望有更多人能注意到我、追蹤人數過千，就已經是我小小的心願。至於我這階段的目標，就是希望可以擴闊自己的事業版圖。

所以除了大眾所熟悉的拍片事業外，近年我也嘗試其他不同類型的事業，例如在 2019 年時創立了自己的品牌，名為 #ricefam。#ricefam 的誕生故事也十分有趣，有看過我短片的觀眾應該都知道我很喜歡吃白飯，也會經常在動態中分享我吃了什麼飯、吃了多少飯等，每當說起吃白飯，我就可以吃很多 。久而久之，觀眾們開始在影片的留言中使用自創的 #ricefam 標籤，結合了「Fans」和「Kingdom」的概念，又稱我為 Rice Queen，十分可愛，也促使我將品牌命名為 #ricefam，並一直沿用至今。

#ricefam 成立後，我便為推出了一些周邊商品，例如：T 恤、公仔、文具等。很感謝粉絲們和家人朋友的鼎力支持，所有商品都被搶購一空，反應熱烈，也讓我感到十分鼓舞。之後我便開始收集粉絲們的意見，並構思新產品，希望能推

出讓大家都喜愛的產品。擁有自己品牌的商品、舉辦 Fans Meeting，這一切對我來說都非常難能可貴。其實我一路走來，幸得身邊人的支持，才能從一個拍片自娛自樂的小女孩，發展到在大螢幕出現、參與 Netflix 真人秀的 KOL，對比初出道時，確實向前邁進了一大步。

那麼，我現在的夢想是什麼？

我希望能推出一首屬於自己的歌。大部分觀眾會留意我，大多因為我的搞笑短片，甚少觀眾知道我其實很愛唱歌，小時候的歌唱比賽均無一缺席，亦取得不俗的成績。自從多花了時間在拍攝後，不得不承認我對唱歌的熱情減少了，人長大了，有了家庭、小朋友，生活重心自然會轉移。對我來說，能夠推出到一首屬於自己的歌，那就是對小時候的自己最好的祝福，也是我夢想成真的時刻。

Yeah!! Yeah
So Sweet
WAH!
Sun flower
I LOVE HONG KONG
Hi!!

Amazing
LOVE
KISS KISS !
你的混血兒家人
Dear diary

父母的愛情故事

你知道我的父母，是怎麼相識的嗎？我跟觀眾一樣，很多關於他們的故事，都是在 YouTube 上拍攝 Q&A 訪問影片時才知道的，在鏡頭前的他們不像一般的父母般拘謹，反而相當開放，也樂於跟我（或者只是跟大眾）分享他們的事情。我從沒問過他們關於拍片時的感受，但也許正正是因為坐在鏡頭前，讓他們感覺到自己需要回答問題，又或是讓他們覺得好像有觀眾在聽著，所以我們便可以不斷地溝通和交流，這種互動真的很有趣！拍攝 Q&A 影片讓我們一家人得到了更多溝通和了解彼此的機會，同時滿足到觀眾們的好奇，我和觀眾一樣很喜歡我們之間的互動呢，大家在影片中看到的都是我的真實反應。

記得我曾拍攝過一條影片，內容主要是我和媽媽之間的對話，那是我第一次聽到她非常坦誠地談起自己是如何認識爸爸的，我聽到後也感到很驚訝。

父親年青時聽說香港是個國際城市，外國人有較多發展機會，所以當年 23 歲、一文不名的他決定隻身來到香港生活，想說如果不行就回法國吧。爸爸是個非常喜歡挑戰自己的人，而且人脈非常廣闊，所以很快便建立了一家公司做生意。父母都在同一間公司工作，以前我一直以為他們只是合作做生意。直至那天在鏡頭前，媽媽才透露出一個秘密：原來她當時是爸爸的秘書，認識一段時間後才開始交往的！

我有時也會跟身為上海人的外婆討論家事，那時她告訴我，父母是在一個比賽中相識，繼而一起工作、交往，交往四年後結婚，不久後便生育了我，兩年後到妹妹出生。外婆那時問我，妹妹出生後我過得怎樣呢？多了一個妹妹是否覺得開心？還是充滿壓力呢？藉著跟外婆談天的契機，才讓我仔細回想起那段時間：有了妹妹後比只有自己時更開心。

我和妹妹的身材完全不一樣，妹妹的骨架像爸爸，是外國人身型，而我卻是像媽媽的亞洲人身型，是個小骨架。當妹妹一歲後，我們所有的合照中，她總是比我高一個頭。當時不管我們去到哪裡，例如超市，超市姨姨都會說我是妹妹。這時候，我一定會立即反駁：「不，我是姐姐。」久而久之，每當遇到這情況，妹妹就會笑我，所以小時候的我們老是在吵架。妹妹從小到大都是班上最高的，我覺得這樣很了不起，一樣是混血的我卻沒有這個特點。而且身高也令我跟妹妹在爭食物時處於劣勢：小時候每次吃飯，媽媽都會先把我們分開，各自坐在桌子的兩端，再用月亮燈把我們隔開，小時候的

我是個不太願意吃飯的人，而妹妹則所有食物都喜歡吃，如果坐在一起，食量較大的她可能會偷吃我的食物（其實我也不介意把吃不下的食物分給她），只是媽媽擔心我們體型會相差愈來愈大而已。不過，到了現在其實我很喜歡自己嬌小的身型。雖然有時候高一點是會方便的些，但各有各好嘛。我們兩姊妹不一樣的地方多的是，但我很感激有她陪伴我一起成長。

　　在拍攝影片期間，我還得知了父母的過往，例如爸爸在我出生前已經有一個女兒，而媽媽也有一個兒子，所以我和妹妹是有兩個同父異母／同母異父的哥哥和姐姐，姐姐是法國人，而哥哥則是香港人，這些我也是跟網民一起知道的！我和妹妹跟住在法國的姐姐較小聯絡，不論是文化還是距離，都讓我們較難親近起來。而哥哥則是住在香港，跟我和妹妹年齡差距很大，小時候我們總會在週末見面，那時他常常帶著一些當時最新的潮流東西給我和妹妹看，那時候總覺得他生活得比較幸福。可能是因為我的性格也比較男仔頭，亦喜歡當主導，所以和哥哥也合得來。哥哥曾借了一台 GameBoy 給我，我們一起玩過很多遊戲，一起看過一部關於那些遊戲的影片。那時我也希望擁有一部屬於自己的 GameBoy，於是便跟媽媽說我從遊戲中學到了很多英文單詞，當然，媽媽才沒那麼容易就被說服呢，所以我想了另一個辦法。

媽媽跟我說，如果下一次游泳課時我能學會浮起來，她就會給我一個獎勵 。因為安全問題，她覺得學會游泳是非常重要，也極度希望我能學會這技能。基於我很希望從媽媽的獎勵中獲得一台 GameBoy，所以我在往後的每堂游泳課都非常努力嘗試，可惜還是無法浮起來。如是者便過了幾課，情況還是一樣。

不過，我無意中向媽媽展示了我對那份獎勵的渴望，以及堅定的意志力。

媽媽看出了我的個性——如果想要某件東西，我會非常努力地迅速爭取，所以她也接受了我的 GameBoy 挑戰。終於，經過一個夏天的努力，我能成功浮起來了！媽媽當然也信守諾言，給了我那台夢寐以求的 GameBoy，裡面還插著了一個寶可夢遊戲帶呢。那是我最能體驗到遊戲樂趣的一次！我真的非常開心，也很珍惜那部 GameBoy，與此同時也在遊戲中學到了很多英文單詞。

經歷這件事後，我覺得自己長大了，這是我第一次靠著自己的努力得到一個回報，而且過程中亦相當享受！直到現在，我仍然熱愛打遊戲機，最喜歡玩需要與其他人合作的遊戲，樂高或賽車遊戲都喜歡，這些遊戲能讓我們三兄妹一起玩，就如往日我們一起運動、互相丟球，這些經歷都讓我們更加親近。

Yeah!! Yeah!!
Yeah!!
So Sweet
WA
WAH!

家中的「中西合璧」

媽媽我們家的廚師，記得從小到大，每個晚上她都會煮兩餐飯，一餐是給我和妹妹吃的中餐，另一餐是給爸爸的西餐。爸爸不是不喜歡中菜，他每次出去吃飯時都喜歡去吃點心，但他喜歡的中餐就只限點心，街上的飯菜、炒蛋和雞翅膀等他都吃不慣。喜歡周遊列國的他，從小到大吃過各國美食，雖然對中餐沒有太大興趣，但事實上他並不特別挑食，只是純粹喜歡回家吃飯。即使如此，媽媽依然能夠安排不同的晚飯給爸爸，我是非常佩服媽媽的！

我覺得這些生活細節也展現了文化差異的一面，這樣的情況在與親戚慶祝節日時更為明顯。爸爸那邊的親戚會特別慶祝某些節日，例如耶穌升天節、停戰日。一月份時法國有個在法語中被稱為「La Galette des Rois」的節日，英文則稱之為「King Cake」。我也曾經拍攝過這個節日的盛大場面，這個活動差不多會有一千萬人參加，開始慶祝時小朋友們都會切下一塊蛋糕，裡面藏有耶穌的小雕像，大人就會戴上特殊的

王冠。這是法國非常重要的節日，單單是坎坦地區，就能看到很多人戴著王冠，非常壯觀。

由於我們在法國的親戚不多，基本上每年只會在暑假時回去一次，跟著爸爸去南部見他的親戚，每次回去時都能發現爸爸非常高興的。長年居港的他經常會參加香港的慶祝節日活動，雖然他早就習慣了，或許在過節時會令他想起遠方的親戚吧，所以總能感受到他在過節時有些不開心或不自在。但儘管如此，他還是非常有耐心地陪伴著我們呢。

又稱為神顯日和洗禮節，天主教會稱為主顯節。主顯節為每年的 1 月 6 日，但會因教派或國家不同而有不同的日期或慶祝方式。此日是為紀念及慶祝主耶穌基督在降生為人後首次顯露給外邦人（通常指的是東方三博士），或是籍著基督的第一次生日向世人顯現。（網上資料）

又可稱為「國王派」(法語：La Galette des Rois)，是法國人於天主教主顯節前後會食用的一種圓餅形酥皮蛋糕，蛋糕會藏有一個耶穌小瓷偶。法國人食用這種餅的典故是為了紀念基督教，聖經所記載的東方三博士朝見襁褓中的耶穌的事件。在近年的習俗中，在節日夜晚吃到餅中瓷偶的人，要為下一次的主顯節準備國王餅，喻意讓自己的好運傳給下一個人。(網上資料)

媽媽那邊的家族相對龐大，總是很多人聚在一起，非常熱鬧。我大約有六個姨媽，農曆新年時每位姨媽都會舉辦自己的慶祝活動，所以每到農曆新年就會參加好幾個聚會。在這樣的大家庭中，總會遇到些從未見面的親戚朋友，第一次見面便已一起慶祝節日了。很多長輩平時也很少跟親友見面，大多都是在過節期間才會見多一些，文化真的和爸爸的家族非常不同。很多時候，外婆總是面無表情，但每當我爸爸出現時她就會立刻露出笑容，並為爸爸遞上一杯啤酒，使我也感受到她對爸爸的喜歡。

我在媽媽的龐大家族中體驗到的另一方面文化就是中國親戚關係稱呼，每個親戚都會有各自因婚姻或血緣而產生的稱謂，而在英文中則會統稱為叔叔、姨姨和奶奶等。就我觀察而言，爸爸身處這些場合時多少會感到有些不自在，主要是因為他對這些稱謂感到困惑，也擔心自己會叫錯呢，只能說家族制度很有趣呢。

Yeah.

Every day
is also
a good day !

WAH!!

So Sweet

Hi!!

雙文化家庭的相處之道

在雙文化的家庭中成長，日常生活的相處和溝通總是充滿著不同程度上的挑戰。父親較擅長英文和法文，母親則較習慣使用廣東話。所以要用哪種語言溝通，是我們家經常出現的困惑。如果我們想公平地對待每個人，就要使用英文溝通，可是，由於爸爸和我說英文的速度比較快，加上可能會使用了一些媽媽無法理解的詞彙，所以媽媽可能會感到不舒服或有壓力，加上英文都是父母各自的第二語言，所以他們說英文時都有夾雜著他們的口音，即使他們向來都是使用英文溝通，但也會遇到一些不明白對方的地方。從而導致很多誤解和爭吵，遇上這種情況時偶爾也會讓我感到沮喪。所以，在我和妹妹的童年時期，語言障礙確是一個挑戰。

幸運的是我很早就有搬出去的打算，這樣可以讓我們各自擁有更多的空間，同時更有耐心，不用那麼著急地解釋和包容彼此。對，人們都是需要一些距離才能做到彼此包容的。

在我小時候的印象中，父母從來沒有大爭吵或者說「有太多解決不到的問題」。即使有爭吵，大多都是工作上的摩擦，而不是個人方面的問題。他們幾乎一周七天、每天二十四小時都在一起。因為他們的工作需要緊密合作，所以有時甚至會吃晚餐後才回來，他們說是在邊散步邊討論工作呢，如果他們沒有真正地融洽相處，就很難每天做這種程度了。

我們一家曾考慮過一起去法國度假，或是到比利時或荷蘭旅遊，但不管去哪裡，他們總是通著電話，做生意就是這樣的話，永不停歇！所以媽媽從小就叫我不要做生意，因為她不想讓我承受太大的壓力。而爸爸則老在鼓勵我要嘗試著做一些自己不太想做的事情，因為他覺得什麼事情都應該要先試一次。我曾跟他提過媽媽可能想讓我做律師之類的工作，所以他每次都會很關心地說，長大後你應該要成為律師或醫生，這些都是很好的職業，但這些說話都曾經為我帶來很大壓力，因為我深知自己並不希望成為就這方面的專業人士。但爸爸總是說，成功的人能做到的，你也可以，我知道你有這個潛力的。我完全接收到他的期望，但我始終更喜歡表演。

也許有人會問我，在一個不同文化背景的家庭中成長，我跟父母之間有什麼地方是相似的呢？

父母影響了我的價值觀，我能感受到他們的關愛、期望或者要求，雖然他們不是完美的父母，但他們總是處處為我和妹妹著想。我覺得在媽媽身上學到很好的理財觀念，媽媽在理財方面有很好的頭腦，把家裡打理得井井有條，也令我學懂如何去打理家庭開支，當我有了自己的小家庭後就更加得心應手了。至於爸爸，除了我在外型上遺傳了他高挺的鼻樑外，我們最像的就是性格了！他非常調皮開朗，也喜歡經常跟我們開玩笑，捉弄我們，是家中的開心果，我則正正遺傳了他的調皮性格，也喜歡捉弄人，哈哈。

父親的樂天、無所謂的性格對我現時的職業有深遠影響。父親擁有一個有趣的個性，所以他人緣很好，認識到很多人讓我學習到很多東西。

那麼我是否更喜歡黏著爸爸一點呢？是的，從小時我就和爸爸就有一定默契，做很多事情都很合拍，所以我也喜歡和爸爸在一起。

對比起學業，他們會比較關心我在現實生活中可能會遇到的意外或不開心的事情。他們總是希望能保護我，思考這樣的事情會否影響到我呢？有些人會說我媽媽很保守，我應該順從她的步調；有些人則認為我應該更加進取，挑戰他們的期望。回想起來，我想大部分孩子都會對過於嚴格的要求而感到好奇或不滿，我也是如此。

但也許妹妹比較不在意這些，但是我對很多事情都充滿著好奇的心，並且有很多想做的事。過去，我不明白為何家人總會阻止我去做一些普通的事（例如參加朋友的生日派對）。但後來我明白了，可能因為我是大女兒的關係，所以家人和我都對這方面沒有太多經驗。而且她當然也不想受到任何傷害，也許她更希望我能夠保持警覺，或者是我之後還能夠照顧他人。

我知道我爸爸不會看太多的中文，我希望媽媽能讀到這本書但同時我又擔心她看完這本書後的反應。她曾跟我說過，為了方便和我溝通和了解我的想法，她很努力地去了解不同的新事物、新科技。而我也同樣，為了更明白媽媽的想法，亦認真地學習了很多關於金錢方面的術語，希望能理解得更深入，當然也有很多不明白的地方需要向媽媽請教呢。

語言天分？

在大學讀翻譯時，由於我們班上的學生大多都是華人，所以通常只會使用中、英文作翻譯。而對很多在香港人來說，擁有良好的中、英文溝通能力已經很足夠了。

或許在香港生活，認識多種語言並不一定會帶來太大的優勢。但對我來說，或許因為我在語言上較有天份，所以希望能運用天份學習多種語言，把自己的語言基礎打好，無論從事任何行業都能裝備好自己。之前也提過我在國際學校裡學習了西班牙文，後來當我看到有部電影，其內容包含了幾句西班牙文對白，或者是連字幕都欠缺的西班牙文對白，當發現自己能夠完全理解到他們的語言時令我非常有成功感。

之前也說過學習語言對理解另一國家的文化有很大幫助，因此當我學習語言時，眼界亦擴闊了很多。有科學研究指出，學習多種語言對人類的腦部發展很有幫助。有些專家、科學家進行過研究，他們對分別十歲到七十歲的實驗對象進行了腦部觀察，觀察內容包括了黑質（black matter），最後他們發現，當一個人懂得多於一種的語言時，就能為腦部黑質帶來好的影響，比起懂得較少語言的人，懂得多種語言的人注意力會較集中（concentration）。所以我也常常鼓勵我的觀眾也可以學習多種語言，訓練自己的腦部功能。

黑質

中腦的一個神經核團，擁有約二十萬個多巴胺神經細胞，由於這些神經細胞含有黑色素，在裸視下所在區域呈現黑色，所以叫做黑質。黑質主要負責分泌多巴胺，控制身體的運動協調，若黑質中的退化神經細胞超過 50%，便會產生輕微症狀，例如肢體顫抖、僵直及動作緩慢等，就是我們所認識的「柏金遜症」。（網上資料）

有科學研究指出，具備雙語溝通能力者確實有助於腦部發展，所以我非常熱衷學習語言，那不僅是為了興趣，也是訓練自己腦部思維模式。蛋哥經常跟我說，我做事是非常快的，不論是速度還是效率，我覺得這種能力對我來說是有幫助的。

也許是因為學習過多種語言，所以當我每次外出旅行時，我總能好好的以自然輕鬆的心情享受整個旅程，無論是哪些文化和習俗，我總能以不同的角度去理解和融入當地文化，這對我來說十分有滿足感，也為我的旅程增添意義。我總是能夠很敏感地注意到其他人也許注意不到、較微小的不同之處，而這些小細節，都成了我拍攝影片時的滋潤——將生活事物或真實體驗融入我的拍攝題材中，引起共鳴，我覺得這些技能十分重要的，亦造就了我往後的影片方向和定位。

So Sweet

Hi!!

零碎的童年趣事

在我上幼稚園、讀本地小學之前，我們家曾經是以英文作為主要的溝通語言。這是因為父母一直是用英語溝通的。那段時間發生了一件我早已忘記的往事，是父母有天想起告訴我們的，有天我和妹妹在維多利亞公園附近玩耍，有個男生走過來，用中文跟我說些小朋友之間的溝通，但當時的我聽不懂他在說什麼。於是妹妹拉著他，想跟他說：「姐姐不懂你在說什麼，請走開。」那時候的我還不懂中文，所以才會發生這種令人尷尬的事。

但我倒是記得一件在幼稚園時期發生的故事，這可能是我人生中的第一個記憶點。那時我坐在幼稚園校巴上，突然有個小朋友問我：「你是哪裡人？」當然，現在每天都有人問我同一個問題：「你是哪裡人？」但我對這條問題的第一個記憶點就是來自那架幼稚園的校巴上。當時我還是個幼稚園生，自然不知道自己跟其他小朋友有什麼分別，只知道我是我。但基於禮貌，我又必須回答他，當刻我的腦袋裡正想著他是不是在問我不同的身份？而我又覺得自己懂得說英文，所以便回答他：「我是英文人！」他聽後就笑了，說英文人不是一個國籍，被他否定後我也不知道該如何回答才好。

當天放學回家後我便向媽媽發問同樣的問題，她說我可以回答自己是法國人。或許是小時候曾跟媽媽溝通過的關係，所以我在年紀小小時就知道自己有這些身份，其實也是種緣份來的。

記憶總是零碎，而小孩都很天真，不會考慮自己是什麼人，只會認為我們都是一樣。你亦只會覺得你就是你，但當社會對你有所期待時，總會向你貼上標籤。所以當我在成長時學習到「第三文化小孩」這個詞語時，我好像找到一個屬於自己的身份了。

Kick's ~
Loser

Yeah!! Yeah
So Sweet
WAH!
Sun flower
I LOVE HONG KONG
Hi!!

Amazing
LOVE
KISS KISS !
你的混血兒伴侶
Dear diary

我和蛋哥的愛情故事

很多人對我有一個謬誤——「鬼妹仔」理所當然會找個外籍男友。事實剛好相反，在我為數不多的戀愛經驗中，我曾跟本地男生交往過，而蛋哥是我的第一位外籍男友。其實我沒有特別喜歡哪個類型或是哪個國籍的男生，只是緣份總是奇妙，最終我這個「鬼妹仔」還是跟外籍男友步入婚姻殿堂。

每個女生總會對愛情有些憧憬，我當然也不例外，小時候喜愛看夢幻愛情劇或者迪士尼童話等，覺得愛情總是美好，也很激情浪漫，幻想我的白馬王子會是怎樣的。長大後就會明白，現實世界並不是那麼完美，真實的感情需要學會溝通，只有取長補短互相遷就，才能長久地走下去。對我而言，不被金錢、外貌等外在因素影響，兩個人開心才是最重要的，當你想像將來的畫面時，畫面中也要有他的身影。

我知道自己很幸運，在 19 歲時就認識了蛋哥，由於往後都是跟他在一起相處，加上他總是那麼正面樂觀，所以我的感情觀往後都沒有很大的改變。我想我們最相似的地方就是我們的雙文化背景吧——混血兒的我有著中西結合的文化背景；而外籍人士的蛋哥則在香港生活、長大，所以很多時候我們都能理解對方。

還記得我們第一次約會，我問他最喜愛吃什麼時，他回答我「叉燒飯」，當下我有一種被連結的感覺，他讓我感受到他是一個完全接受香港文化、足夠貼地的人。

或許投契的人總是很自然地走在一起的吧，其實在我們初認識時，已經有那種一見如故的感覺，所以相識幾個月後便正式確認關係。我記得很清楚當時他要回英國和家人一起過聖誕，在他離開場香港的那三個月裡，我非常掛念他，也是從那一刻開始，我就知道自己已經喜歡上他了。

回憶起和他相識的經歷，有一幕令我印象非常深刻——那時我有一份兼職，工作內容是在生日派對中擔任歡樂大使，帶領小朋友進行遊戲。有一次，我邀請了蛋哥一起來幫忙做這份兼職，才剛開始，我就看到十多個小朋友正圍著他一起遊玩，這一幕深深震撼了我！他真的很受小朋友歡迎，我會形容他是「Really good with children」，加上我本來就很喜歡小朋友，所以當我看到他和小朋友相處得那麼好時，也默默在心裡加了很多分。

能夠和蛋哥一起相處那麼多年，我認為情侶之間最重要

的一定是溝通，此外亦要學會如何道歉，「床頭打架床尾和」這話非常適合用在我們身上，記憶中我們在一起那麼多年，從來沒有吵架吵過夜的，我們總能在當下找到解決方法。有時候學會對方愛的語言（Love Language）也是非常重要，不一定要時刻激烈澎湃才叫愛，英文有句說話叫做「Love Shouln't Be Hard」，兩個人在一起，相處舒適是最重要的。說到這就想起一件趣事，外國人很喜歡以親切的擁抱來打招呼，蛋哥第一次和我父母見面時，他慣性地展開雙手，然而我父母卻當場呆住，有點不知所措，那個畫面真的非常搞笑，讓我至今仍記得呢。

So S
LOVE
I LOVE HONG KONG

決定獨立的瞬間

明明我在前文曾說過家裡較嚴，那麼我又是如何能夠在大學畢業前搬到外面住、獨立生活呢？

是的，當時我是先斬後奏的。一直以來，我都渴望能搬離家中，獨立生活。對於在香港長大的人來說，或許在 20 出頭便想獨立生活是較為異常，因為在很多華人心目中，一家人是會一起居住的，對於我的媽媽來說也是一樣，她可能認為我會在結婚後才離開家裡，所以完全沒料到我當時會突然踏出這一步。在與蛋哥交往後，我們便開始逐漸計劃並實現這個夢想。

但我必須承認，這個計劃是在未經允許下便執行了。

也許當時的我還未夠成熟，也不了解媽媽的擔心，所以我從未跟她說過自己打算獨立。但其實我在還未認識蛋哥前就已經有這種打算，只是生活在香港，土地和金錢都是一個很大的挑戰。跟蛋哥交往後，才發現我倆目標一致，所以才會一起努力存錢，然後搬出去。那時我跟蛋哥自己去看樓盤，

決定了要住的地方並簽下租約，待塵埃落定後，我才在搬走的前一天跟媽媽說我明天就會搬到新租的房子。

這件事對媽媽來說很深刻和十分衝擊，而當時的我明知她不會同意，但還是有點反叛地做了，或許是出於想向她證明我成長了，可以做到任何想完成的事，也能照顧好自己。

當時第一次簽租約，才知道原來要先支付兩個月租金作為訂金，還要付等同半個月租金的費用給代理人作為經紀費，但我還是一一支付了。

最後，媽媽沒有再加以阻止，我就開始了跟蛋哥的同居生活。

租屋不容易

說起租屋的經歷，其實一點都不容易。

記得蛋哥當時早已搬離家中，跟兩個朋友合租一個單位，所以一開始時，我只是搬過去跟他們一起住。在搬家前，我們很坦率地討論過這些問題：搬家後，我會立即感到解放還是會感到更大壓力呢？我終於要開始獨立了嗎？事實上，當時我最急切的需要是想擁有自己的空間來創作。因為當我還在跟家人同住時，我是和妹妹共用一個房間的，所以每當我打算拍攝時，都必須等待所有家庭成員離開家中，才有足夠的空間拍攝，而且我也不能因為要拍攝而要求妹妹把房間讓給我，所以我必須等待適合的時機，相對的就是令我無法自由地編排時間表。幸好，爸爸很多時候都會遷就我，也會幫助我跟媽媽、妹妹溝通，很多問題也迎刃而解。但無論如何，我仍然需要自己的創作空間。

後來，我跟蛋哥計劃不再跟朋友合租單位，而是兩人獨立生活，我便找到了一個租屋中介，選中了一間位於旺角、有一個三角屋頂的新樓，就像酒店一樣，十分適合拍攝。也許中介看到我倆是二十出頭、第一次租屋的年輕外國人，於是以非常不禮貌的態度告訴我們必須存入足夠支付兩個月租金的

現金，才能保留我們看中的房子。顯然，他並不相信我們有能力支付這筆錢。面對這種情況，當時的我不得不去銀行查詢。至今我還記得那位銀行職員再三向我確認是否明確地知道這筆錢是用來支付租金的。我心想這真是奇怪，但也明白他的擔心，最後我還是成功領取了這筆現金，再交給那位中介。

我記得這位中介不是業主本人，當他收到這筆錢後，便提醒我們一定要按時支付租金，因為不論上手租客是律師或醫生，也經常不按時繳交租金。往後我一直在想，是怎麼樣的律師或醫生會願意住在這只有 300 呎的房子呢？他根本是想欺騙我吧。當下，我腦海中浮現出想與他對質的強烈念頭。但是，我的老師曾告訴我，如果想成為一名律師，就要學會忍氣吞聲。因為我很喜歡那棟房子，真的很想住在那兒，所以我只能忍氣吞聲地說我們必定會按時支付租金，最後成功簽下了租約。

剛開始租屋時，我還在做教小朋友的兼職工作，收入並不穩定，每個月的開支都很緊張，超大經濟壓力的說！不過市區單位交通方便，無論是前往做兼職還是上學都很方便，所以

我們都很努力地賺錢。慢慢地工作也變得越來越順利，經濟環境好了我也住得愈來愈自在，最終，一年後我們就搬走了。其實每次搬家時我們都會遇到了一些困難，而且搬家真的很辛苦，每次搬家都要思考 300 呎空間下傢具要如何安置，所以當我們賺到多一點錢時，我們就增加了租屋預算，租住空間大一點的房子，有利我長時間留在家中進行創作。最後我們成功從 300 呎搬到 3000 呎（即使地點非常遠）的房子，這對剛開始租房子的我來說是個難以想像的畫面，但當你想要某樣東西時，就必須努力爭取，即使中間或會跌倒且不順利。

從小，我就想擁有一樣寵物，奈何媽媽對我的管教比較嚴，在養寵物方面也一樣，所以就連金魚都也不允許我養，爭取超過 10 次後結果也是一樣。所以當我有能力獨立生活、能夠照顧自己時，我就回想起養寵物的念頭。獨立生活大約一年之後，我就養了第一隻小狗，接著又養過不同的寵物，現在家裡有兩隻小狗，十分熱鬧！

Yeah!! Yeah!!

So Sweet

Amazing!!

WAH!!

Take the pictures please

I LOVE HONG KONG

從一部相機開始

萬事起頭難，我當然也不例外。尚記得好些年前世界根本沒有 Content Creator/KOL 這概念，直至這幾年他們才慢慢為人所知並建立出自己的一片天。

初開始拍攝時，我連稍為專業一點的器材都沒有，一直都是用自己的手機拍片，我以膠紙取代腳架，然後把手機貼在牆上，就這樣渡過了剛開始的一段時間。後來，我看中了一台價值 $6,000 左右的相機，但一直猶豫良久，不捨得為了自己的興趣作那麼大的投資。可是，當蛋哥知道後就很堅持地說：「你去買吧，這是投資，終有一日會有人願意花錢和你合作的，你一定要相信自己可以，這個投資是一定會回本的。」我回應道：「不可能的，不會有人願意花 $6000 請我拍攝一條這樣的搞笑短片。」話是這樣說沒錯，但事實上他說服了我，最終我買了那台相機，也成功地建立了自己的頻道，有喜愛自己的觀眾。

還記得你第一次留意到我是在什麼時期嗎？我第一條比較多觀眾留意的影片名叫《My boyfriend repeats after me in Cantonese》，這是我和蛋哥在 2016 年合作拍攝的，內容是由我先說出一句廣東話，然後他跟著我朗讀，很搞笑的是，

他每次複述時都是錯的，而且錯得很離譜，有時會帶點口音、有時說得像粗口一樣……但就正因為他能把語言差異表現得淋漓盡致，於是創造出一個爆笑的效果，得到觀眾的喜愛。

那時候我還不知道這條影片會受到大家的關注，所以我也只是很隨意地穿著一件睡衣便開始拍攝。在拍攝這條影片之前，我的 YouTube 頻道只有 1,000 位訂閱者，Facebook 上也只是 800 位訂閱者。然而，在這條影片發布後的三天內，這條影片的觀看次數便突破了 1,000,000，我當時真的激動至極，在 2016 年的美國，一旦你的影片突破了 1,000,000 次觀看，你就可能會被邀請到《The Ellen Show》呢。這是一個多麼驚人的數字！

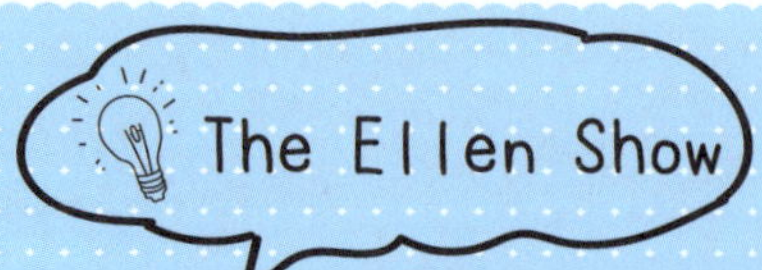

美國著名脫口秀節目，由 Ellen DeGeneres 主持，節目於 2003 年 9 月首播，至 2022 年已播出 19 季，內容以名人訪談為主題，主持人風格輕鬆詼諧，觀眾層面廣泛，在全球各地大受歡迎，更榮獲多個節目獎項。（網上資料）

現在人人隨手拿起自己的手機就已經可以拍攝到很好的影片，若要影片擁有 1,000,000 次觀看亦不算是特別困難或突出，但在 2016 年，那真是個很大的認可。那時的我，就是因為這條影片而得到觀眾的關注，繼而鼓起勇氣正式踏上 Content Creator（內容創作者）的旅程。

剛開始時，由於真的很少人從事內容創作這個領域，也沒有人明白拍攝短片會如何成為一個行業、職業，畢竟這個行業還沒有普及嘛，所以我的家人和好友們都紛紛表示不太理解，更會擔心我的前途（其實我也很理解他們的想法）。

除了蛋哥。

和其他人不同，蛋哥從一開始便給予我無限支持。他告訴我：「無論你做什麼，只要你想做到，你就能做到。即使第一

條影片、第十條影片都沒有人看，你也要堅持下去，因為你知道你想做什麼，而我相信你能做到。」就是這種無限的正能量，一直鼓勵著我走下去。回想起來，當初鼓勵我買下相機的，也是他呢。

還記得頭一兩年發布 的影片都沒什麼人觀看，我也不太清楚自己的方向和定位，所以只好什麼都嘗試一下，看看哪類型的影片會比較受觀眾喜愛。經過多番嘗試之後，我才找到自己的拍攝特色和風格，我發現觀眾喜愛看文化差異、喜劇、搞笑片段，以及扮演不同角色的主題，由於我熱愛本地文化，所以能很傳神地模仿地道的廣東話口音和朋輩之間的說話方式，也會經常在影片中扮演我的媽媽，觀眾們都說我扮得入型入格呢！

隨著社交平台訂閱者增加，很榮幸地我在大學畢業前就得到了一個重大機會——在 ViuTV 一個節目中擔任主持人，讓我向夢想邁進了一大步。當事業慢慢起步時，我便和蛋哥搬出來獨立生活，希望拍攝時能有更多的空間，並完善自己的作品。

我們選擇在旺角租下一間 300 呎的房子，街外繁華熱鬧，

人來人往。但長時間生活在鬧市之下，讓我發現自己還是比較喜歡窩在家裡拍影片，因此需要更大的創作空間和一個相對寧靜的環境。為了讓我能更好地發展拍攝事業，也為了讓我們的家庭更為完整，於是我和蛋哥就開始尋找下一個家。

在新家安置好後，我們迎來了第一位新的家庭成員——我們的第一隻小狗，Sum Sum，自從牠來到我們家後，確實讓家中生色熱鬧多了。後來，我們又養了第二隻狗，Bean。

時間就這樣一直往前跑，享受著每一天。直到某一天，我們的家起了一點點的變化……

我對那天的印象依然非常深刻，當時我們身處於日本的二世古村滑雪場，那是我這輩子第一次親眼看到雪，也是我第一次嘗試滑雪這個運動。以羊蹄山作為背景，在一片白茫茫的雪地上，我們牽著手在雪地上著走，就在這時候，蛋哥拿出一枚戒指向我求婚！真是我們人生中其中一個重要時刻。

那份開心和激動真的難以言喻，因為象徵了我和蛋哥的愛情故事將會昇華到另一個層次，我們在同年的 11 月 11 日就

正式註冊結婚。

我們由學生時期建立的關係，走過一起探索、一起學習、一起解決問題的旅程，我們彷彿一直陪伴彼此，一起成長。不是每個人都能跟自己的伴侶從小一同成長，而像我倆，又經歷得特別多，這段關係真的很難能可貴，所以我會好好珍惜它。

我從來都不是個悲觀的人，但應該偏向是一個現實主義者。然而，蛋哥卻完全是個樂觀正面的人。每當我不相信自己、想要放棄，或者覺得困難重重時，他總能穩定我的情緒，讓我變得樂觀正面。所以，當我在 Tedx talk 上演講時，我也提到了蛋哥，感激他一直以來的無限量支持。無論我想做什麼，他都在我身旁。

Yeah!! Yeah!!

Sun flower

由夫妻到父母

由談戀愛直到步入婚姻階段，慶幸我和蛋哥一路走來都沒有經歷很多大風大浪，我們依然共同面對每一個生活難關。自認識以來，我們有共識是向著結婚的目標進發。

在疫情期間，我們也不時會討論、幻想我們日後有小朋友的家庭。所以當我們結婚後，我們好像對生育小朋友的渴望變得更強烈了。有次我和蛋哥在逛街時看到一件很可愛的嬰兒衣服，當時我們不以為然便隨手買了回家，後來在我跟他分享我懷孕的消息時，我便是拿了這件衣服出來暗示他，他得知後當然非常感動，在我的 Instagram 上也記錄了這個特別時刻。

我們也用了不同的方式跟身邊的親友分享這個好消息：在跟蛋哥的父母分享時他們即將有孫子時，我就用了「Bun in the oven」這句諺語；與朋友分享時，我則是先請他們閉上眼睛，然後把懷孕的超聲波圖片放在他們手上，他們聽後的反應各有不一，最有趣的是我的父母，他們是一貫的冷靜，不過媽媽很窩心地告訴我：「媽媽一定會幫你的，你不用擔心。」因為她曾經上過陪月課程的訓練。這便是她表達愛的方式：告訴我生產完後她會照顧我——有時在一個雙

文化的家庭長大，真的很奇妙呢！

我是朋友圈中第一個當媽媽的，不過因為我經常擔當一個照顧別人的角色，而且也很喜歡在家中舉辦派對、聚餐，其實朋友們本來就覺得我是圈子中的「媽媽」。他們都會跟我說我很適合當媽媽，也能想像到我當媽媽後的樣子。

在我懷孕的初期，身體比我想像中更難受，經常感到不適。剛好當時正在拍攝開電視的飲食節目，很奇怪地當時我很抗拒肉類，甚至一看到就有點反胃，在此非常感謝節目組，他們非常有耐性，在稍有不適時都會加以照顧。畢竟我有一半的亞洲血統，所以我也希望能遵從傳統，懷孕未夠三個月前不公開消息。幸好在整個團隊的不懈努力下，我們最終能順利完成拍攝。

在孕期第二階段時，我的身體才慢慢開始適應，雖然對曾經最愛的壽司和雞翼興趣大減，但猶幸身體不適的時間和程度都有所減少，不過人體真的很奇妙，不知道是不是知道我需要維生素 C，我竟然喜歡上吃橙，懷孕時的口味果然會大有改變。

在我懷孕後，感覺和家人的關係親近了不少，媽媽會開始計劃何時要煮薑醋，而我和妹妹見面的時間也增加了不少呢！

很多朋友都問我們會怎麼安排 Babymoon，我和蛋哥反而想留在家中，因為我們經常因為工作關係而到處出差，所以想把 Babymoon 的時間留在家中陪伴另外兩位家庭成員 Sum Sum 和 Beans。有時候我覺得自己在選擇另一半的時候，並不僅僅是在選擇男朋友，而是在選擇我孩子的爸爸，特別是在我身體不適時便最能感受到，蛋哥是一個最理想的爸爸。接下來的種種對我們來說確實是一趟全新的旅程呢，我很期待！

fun flower
Yeah!! Yeah!
So Sweet
Hi!!
WAH!
I LOVE HONG KONG

Yeah!! Yeah
So Sweet
WAH!
Sun flower
I LOVE HONG KONG
Hi!!

Amazing
LOVE
KISS KISS !
附錄：J Lou TED talks 講稿
Think. Think? Think! How Positivity Got Me Viral
Dear diary

Think. Think?Think!
How Positivity Got Me Viral

感覺就像昨天我還在課堂上看 TED Talk，心想那個人真聰明，那個人生活得很有條理。如果你告訴我在 22 歲時我會被邀請去演講，我會說不可能；如果你告訴我，我會拍攝能夠吸引數百萬人觀看的視頻，我會說那是不可能的，但我錯了。所以，今天我想和你們談談這個話題：如何將你可能認為不可能的事情變成現實，並利用積極的心態來驅動自己的思想。

小時候，我覺得自己是特別的。我認為我將會做些大事，或因某些事情而出名。我喜歡表演，喜歡唱歌，儘管我父母告訴我唱歌不會讓你在生活中有出路，但我還是參加了每一場學校的音樂會。我明白，不僅僅是我自己有這種感覺，大家都有夢想，但在某個時刻，因為現實生活的壓力，我們把自己的熱情拋在一旁。

積極性始於擁有那種目的感，承認你在這裡是有原因的。人們常常會想，「我只是個人，我能做什麼呢？」或者他們會想，「這個星球上有 70 億其他人，這不是我的時候。」這種夢想的感覺慢慢在我們長大過程中被剝奪。我們知道學校或整個公共教育體系教會我們成為一個守規矩的世代。有一位

知名學家提到，隨著孩子的成長，我們對他們的教育逐漸從腰部以上開始，然後慢慢轉向頭部，偏向一側。的確，學校教會我們遵守規則和課本，通常告訴我們不要犯錯，然後我們又聽到像史蒂夫 · 喬布斯和 J.K. 羅琳這樣的成功人士，他們總是在談論失敗，對吧？他們總是說失敗是通往成功的墊腳石。要想成功，你必須先失敗。

然而，現實生活也會干擾我們的夢想，讓我們選擇不理想的道路，而這正是人們所期待的。因此，人們低下頭，選擇安全的路。不過，我們並不相信平行宇宙或替代宇宙。

講個小故事，我的父親在 23 歲時，獨自一人從法國搬到香港，身上只有一點錢，並且不太會講英語，但他聽說香港是一個適合做生意的地方，而商業正是他的興趣。長話短說，雖然花了時間，但他成功了，並且能在相對年輕的年紀就退休。想像一下，在一個替代宇宙中，如果他從未找到勇氣，而是選擇了安全的路，那麼在那個現實中，他不會找到成功和他的才能，然後也不會遇到我的母親，可以說，他也不會我這個女兒。他聽從了內心的聲音，選擇去冒險。你知道，當時沒有朋友敢跨越世界，但他聽從了自己的直覺，選擇去冒險。

積極性鋪就了他的道路，讓他走遍世界，實現了他的夢想。我希望我的媽媽就是他的夢想成真。我不知道。愛因斯坦曾說，「成功的公式是 1% 的天才加上 99% 的努力」，但如果我們不相信自己，怎麼能努力呢？如果我們不斷地認為自己做不到，有人比我們更好，我們又該如何堅持下去？積極性是成功的關鍵，而這也幫助我走到了今天這個舞台。

在我大學最後一年時，我發布了第一個視頻，這並不是一個簡單的錄製和發布的過程，而是整整一年的準備。我一直是那種在每個決定上都需要意見的人，甚至在點餐時也一樣。我可能需要你的建議，甚至在只有幾個套餐時，我有時也會這樣做。不過，我開始於 Snapchat，我喜歡在 Snapchat 上拍視頻，試著娛樂別人。當我注意到我的其他朋友大多是在發食物或朋友聚會的照片時，我也做過這些，但我更喜歡的是講話和拍攝視頻。我覺得在我的 Snapchat 朋友名單上只有 30 個觀眾是不夠的，這讓我不滿足。我希望能被陌生人和全世界注意到，然後我希望自己能創造出值得被注意的內容。

我知道，今天有成千上萬的作品，我仍然記得那種壓力，我告訴當時的男朋友我想創建一個頻道，他問我「關於什麼？」我說「我不知道。」我告訴當時的朋友我想開一個 YouTube 頻道，她說「你覺得我們誰會看？」我說「我不知

道。」這讓我有點受挫。

半年後，我告訴我男朋友，這聽起來很愚蠢，但我有點想開始一個 YouTube 頻道，他看著我說了三個字：「去吧！」他說：「去吧！我覺得你會很棒。」就這樣，這麼簡單的話，隨著他每一句鼓勵的話語，我感到那個告訴我不行的負擔減輕了，因為他選擇了積極性。這種積極性越來越強，充滿了我，然後我把它寫在紙上，接著我把我的 iPhone 貼在臥室的牆上，按下錄製鍵，這就是我拍攝第一個視頻的方式。我當時心想：「好吧，我要開始了。」我發布了一個視頻，接著又發布了三個，但結果都是 100 個觀看次數，而且其中一半都是我自己的觀看，陌生人和全世界都沒有看到。說實話，我真的想放棄，因為拍攝一個視頻需要花費大量的時間和精力，尤其是在我還在大學的時候，我還要兼職，這其中有很多事情要做，特別是如果你從未拍過視頻的話。我心想：「這有什麼意義？這根本不會成功。」負面情緒又回來了，努力工作並不等於成功，至少不會立刻見效。這不是一個手牽手的交易，但我還有剩下的心理力量，加上男朋友帶來的積極力量，我繼續前行，繼續發布。然後我想起了一句名言：堅持超越天賦，是塑造生活品質最重要的資源，這是真的。堅持是重要的，而積極性鼓勵堅持，因為如果你的心靈告訴你「算了吧」，你怎麼能繼續下去？你怎麼能不放棄？」，那是不會成功的，所以我也得學會多點耐心，我告訴自己，我正在做我喜歡的

事情，我享受這個過程，我的夢想是再次被人注意，或許能用我的視頻和想法產生一點影響。當時這感覺像是不可能的、不可能的、不可能的。我發現自己不斷地想像我的目標，我想成為誰，想要達成什麼。我幻想著我的視頻能夠達到 100 個觀看次數、1,000 個觀看次數、10,000 個觀看次數。是的，這似乎不可能，但我想要這一切。

在我大學的最後一年，有一日我的手機上收到了很多通知，我不知道這些通知是什麼。我查看了一下手機，看到那些通知是關於我製作的視頻的。我打開了一看，結果它的觀看數不是 0，也不是 1,000，也不是 10,000，而是 1,000,000。我無法形容那種驚訝，它竟然瘋狂地傳播開來，這真的是很不真實。我完全不知道這是怎麼發生的，但它確實發生了。那段時間我心中的想法變成了眼前的現實。

我們並不能翻閱一本目錄書，隨意選擇哪個決定會帶來最好結果的現實。我們不能暫停、回到過去重新來過。我可以冒險，這可能很可怕，走出自己的舒適區，但我總是問自己，當我感到害怕的時候，最糟糕的情況會是什麼？最糟糕的情況在大多數情況下，你知道嗎，阻止我們的往往是對未知的

恐懼、對失敗的恐懼，或是對他人看法的恐懼，往往沒有什麼實質性的阻礙，這一切都在我們的腦海中。人們擁有驚人的想法，但他們會想：「我不知道，從哪裡開始，算了。」或者他們會想：「我沒有時間或金錢。」又或者是拖延症，這一點我也有感受。他們會想：「我明天再做。」但明天又變成了明天，而明天又通往無處可去。

所以，讓自己成為更大畫面的一部分吧。是的，地球上有 70 億人，事實上快要達到 80 億人，但當一切都回歸本質時，我們都是獨一無二的。想像一下，如果我在這些年中放棄了，告訴自己毫無用處，告訴自己忘掉這一切，我就永遠不會發現我真正熱愛的事情，永遠不會知道我能夠製作出能夠吸引數百萬人的視頻，更不會今天和你們一起站在這個舞台上。

你會選擇這條時間線來過上最充實的生活嗎？你會掌握自己的未來，無所畏懼嗎？你會對機會說「是」，為你的另一個自我奮鬥，我想說，你的時間線已經確定，而可能有兩個結局：幸福的結局或悲傷的結局，正面的或負面的，你會選擇哪一個呢？

Yeah!!
So Sweet
WAH!
Sun flower
Hi!!
I LOVE HONG KONG

Amazing
LOVE
KISS KISS !
附錄：J Lou TED talks 講稿
How to Turn Viral into a Business
Dear diary

How to Turn Viral into a Business

時代已經不同了，從我在 2018 年發布視頻到今天的社交媒體世界，時代確實改變了。六年前，一個有 1,000,000 觀看次數的視頻可能會讓你上《The Ellen Show》，而現在你 15 歲的表弟剛在 TikTok 上獲得了 10,000,000 的觀看次數，這對他來說只是一個普通的日子。這是怎麼發生的？這對社交媒體的未來意味著什麼？對於像我這樣以內容創作為生的人來說又意味著什麼？

讓我自我介紹一下，我叫 J Lou，是一名內容創作者。就像你們現在所處的地方一樣，我的旅程始於大學，雖然不是這所大學，我是在香港的城市大學，但在我大二的時候開始拍攝視頻。我能想到生活中兩個重大的變化，對我來說是非常重要的，坦白說，我對這些變化並不太高興。第一個變化是在 12 歲的時候，從當地學校轉學到國際學校。我記得我在國際學校的第一堂課，請注意，我是中途進入的，不是第一天，而是音樂課。一個男孩走到我面前。是的，你可以在國際學校的課堂上到處走，這對我這個來自當地學校的學生來說是一個巨大的震驚。

第二個變化就是在香港讀書，而我的大多數朋友都出國了。我真的很想體驗在其他地方生活，擁有那種大學生活，

但我不得不留在這裡。如果這些決定是由我來做的，結果會完全不同，但回頭看，這些決定或變化對我今天的成就至關重要。也許如果我沒有留在香港上大學，我就不會拍攝視頻，誰知道呢？至少我們知道，我的第一個視頻不會發生，因為那是我的男朋友在廣東話中重複我說的話，那是和我男朋友蛋哥一起拍的，對，這不會發生。

這讓我想起了一句我希望今天大家能記住的話，那就是「駕馭生活中的變化浪潮」。變化會發生，有時可能是小浪潮，有時是大浪潮，但你要決定如何到達彼岸，可能會驚訝地發現它將帶你走向何方。

我第一個視頻就是我把手機貼在我的臥室牆上，現在，如果我沒有三腳架，這種情況經常發生，我拍攝時想要拍照，我會把它靠在某個東西上，或者簡單地放在那裡，這就是我之前的做法。我只是想讓大家看到我一開始是多麼毫無頭緒，以及當我們開始某件新事物時是多麼的無知。因此，也許你想開始一個事業，然後告訴自己：「不，我不知道從哪裡開始。」那麼，請放心，沒有人知道。我們都是從某個地方開始的。

不過，你必須邁出第一步。接下來我想談談今天的社交媒體世界。我們要了解所有的拍攝、燈光和角度，什麼是有效的，我們在開始時都很無知。但在我談到這之前，我想講講我的第一年。我並不是說我拍了第一個視頻，然後突然就成功了。這需要很長時間，坦白說，在我的第一年裡，我想過多次放棄。這是一個令人沮喪的過程，人們總是喜歡放棄一些事情。現在播客非常流行，你知道嗎，90% 的播客不會過第三集？所以這意味著有 1,800,000 人選擇了放棄。

所以，為了讓你成為全球播客的前 1%，你只需發布 21 集，但很多人並沒有成功。我也想過放棄。因為在社交媒體上，當你發布了一段你努力了幾週的視頻，卻看到你的朋友為其他帖子點讚而不是你的時候，或者當你知道自己被卡在雙位數的觀看數時，這些都會讓你感到沮喪。但是，有一些工具可以幫助我們指導我們的內容創作。

首先是演算法。那麼，演算法是什麼呢？它是不斷變化的。我不知道你現在是否在 YouTube 上觀看這個視頻，請查看一下這是在哪一年拍的，因為事情可能會有所不同。無論你在觀看的哪一年，我分享我在 2018 年的拍攝方式都是過時

的。今天的社交媒體和去年的不同，明年的社交媒體也將不同於今年。

但你必須考慮頻率。你必須記住，持續性是關鍵，因此要頻繁發布。而我怎麼知道這一點呢？你必須成為一名熱衷於社交媒體的用戶，才能了解算法的最新動態。如果你不使用它，你就無法知道發生了什麼。因此，你得使用它，看看趨勢是什麼，人們喜歡什麼，因為人們的品味也會改變他們想要消費的內容。因此，這就像一位醫生一樣，如果你不實踐醫學，那麼你怎麼能成為一名醫生呢？我把成為醫生比作成為內容創作者，我的媽媽可能不會喜歡這樣的比較，但就是這樣。基本上，你必須經常使用它。

在這之後，我認為，在疫情期間，不同的內容激增，尤其是在大家都被困在家中的時候，我們的注意力跨度縮短，對內容的需求增加。因此，在疫情過後，出現了許多新的內容創作者。他們並不是抓住了這個機會，而是在家中探索拍攝的可能性。

隨著對內容需求的增加，你必須更頻繁地發布，以便算法

能將你的內容推送到用戶的資訊流中。人們在他們的資訊流中看到你越多，即使他們尚未關注你，他們越有可能對你產生興趣，越有可能想要關注你，最終更有可能成為你的忠實粉絲。

在頻率之後，我們還要找到你的目標觀眾。找出你想要穩定分享的內容，並了解人們喜歡你什麼。假設你喜歡烹飪視頻，你可能會認為「不，這不可能，因為有太多烹飪視頻了。」但如果所有人都這樣想，那麼我們就不會看到這麼多烹飪視頻創作者了，對吧？所以要找出一個角度讓你脫穎而出。例如，你可以是一個總是穿著同一顏色的烹飪創作者，這樣你就能與眾不同。比如說，星期一穿紫色，星期二穿藍色，星期三穿粉色。所以你可以這樣做，或者你可以是一個每個視頻結尾都把食物分享給鄰居的廚師，讓觀眾看到你的鄰居品嚐你的食物。總是有辦法讓你脫穎而出，不要認為現在的競爭太大了，因為它也可以是你！

接下來要談到的就是標籤（hashtags）。我認為現在標籤比以往任何時候都更重要。你有沒有注意到，當你在探索頁面上瀏覽或觀看視頻時，假設你在看峇厘島的視頻，然後突

然接下來的 10 個視頻都是關於巴厘島的？這就是標籤的作用，演算法會根據你喜歡的內容，將與之相關的視頻引導給你。因此，標籤對於將你的內容引導給可能對你感興趣的觀眾至關重要。

再者，視頻的前三秒非常重要，因為你的視頻距離被忽略只需要有一個滑動的動作。現在我們的注意力跨度變得很短，前三秒的內容至關重要。所以要考慮畫面構圖、聲音和可能出現的文字。這非常重要。例如，就在一周前，我在羅馬有幸能夠與《速度與激情 10》的演員見面，我訪問了他們，我們四個人坐在一排，我想發布一段視頻，但我覺得這樣展示的效果不好，因為我用手機拍四個人一起的畫面，雖然周圍有超級巨星，但看起來就是不對勁。所以我用自己作為開場，並加上文字「我訪問了《速度與激情 10》， 這是發生的事情」，這樣可以更好地吸引觀眾的注意，然後再展示接下來的內容。

所以，社交媒體總是在改變，我們有這些來來回回的方式。你願意走多遠來實現你的目標？你相信自己能夠接受挑戰，成為頂尖的 1% 嗎？因為當你開始相信自己時，你已經在

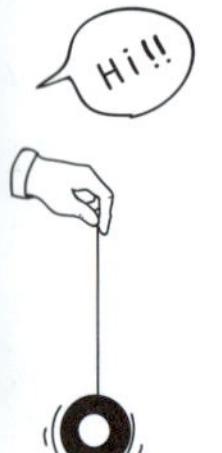

獲勝了。無論這是商業還是其他，你都可以找到安慰，知道我們一開始都是毫無頭緒的。

那麼，如何將廣傳的內容轉變為商業呢？讓我們將其變得有利可圖，讓這成為一個 1,000,000 美元的行業。你可以這樣看待它：現在社交媒體是新的營銷世界，品牌過去用來投入的預算，現在正流向你，因為你就是那個負責創建整個營銷活動的角色。你是編劇、視頻製作人、剪輯師、化妝師等等，最重要的是，你現在是廣告牌。你就是那個他們曾經未必能夠接觸到的廣告牌。你知道誰在購買這些商品，或者誰在看到廣告後購買了這些產品，但是作為創作者，他們能確切知道你的觀眾在哪裡，來自哪些國家，年齡多大，是否適合他們在你的頁面上推廣的產品，並且能及時看到結果，使用分析工具可以準確知道鏈接被點擊了多少次，這是一種跟蹤方式，你可以立刻看到結果。

這就是我在活動上與 300 多位公關和品牌分享的內容，強調這些在線平台為我們提供的營銷工具，以便推廣產品。因此，你甚至不需要成為內容創作者就可以做到社交媒體上，許多小企業通過社交媒體成為大企業。你可以想想許多小企

業是如何崛起的，比如那個兒童玩具品牌，他們的黏土玩具經常在網站上售罄，因為他們製作了可愛有趣的短視頻，還有另一個只是專注於ASMR的糖果店，專門展示糖果的聲音。機會無處不在，我認為這正是社交媒體的美妙之處。然而，它不斷在變化，所以如果你考慮創建一個品牌或企業，或者任何你可能覺得困難的事情，請相信你可以做到，記住，阻止你的只有你的思想。所以，勇敢去迎接所有的變化和浪潮。

Yeah!! Yeah
So Sweet
WAH!
Sun flower
Hi!!
I LOVE HONG KONG

Amazing
LOVE
KISS KISS !
附錄：J Lou TED talks 講稿
Why Everyone Should Learn a Second Language
Dear diary

Why Everyone Should Learn a Second Language

你來自哪裡？你們中有多少人能在回答這個問題？好吧，對很多人來說，這可能是一個非常簡單明瞭的問題，但對於一個第三文化的人來說，這個問題突然變得複雜。今天，我想談談我作為第三文化孩子的旅程，以及雙語能力如何影響大腦。

關於我，我是一名香港及法國的混血兒，專職是內容創作者（Content Creator），我其實在香港長大，整個人生從未住過其他地方。接下來，我會稍微談談我的背景，我認為我的成長經歷相當獨特。我從幼稚園開始就上本地學校，這意味著我真的生活在土生土長的環境中，每天講廣東話，所有我喜歡的東西都非常本地化，比如歌曲、音樂和節目。當我 12 歲時，我的生活一夜之間發生了變化，我被送到了一所國際學校，突然之間，我每天都在講英文，交朋友也都是西方人，我也不得不改變自己以適應交朋友的需要，喜歡西方的節目和歌曲。大學時，我進入了香港的本地大學，回到了本地的環境中。雖然如此，我內心深處依然熱愛香港食物，穿著拖鞋在家，幾乎做著所有你能想像的亞洲人會做的事情。聽我的聲音或看我的穿著，幾乎讓人覺得我不算法國人，因為我從未生活在那裡，但我依然感到自己是一個外來者。

因此，每次有人問我「你來自哪裡？」時，我總是得證明我來自哪裡，再不斷解釋。當然，這個問題對很多人來說是很自然，是很正常的好奇心，但不斷地重複這個問題，讓我不得不證明自己並解釋自己來自何處，這是非常疲憊的。我相信我們中很多人都能感同身受。

我第一次感到不同是在幼稚園。我記得有位母親問我：「你來自哪裡？」而我當時只知道我們在家裡講的語言，所以我說：「我是英文人。」基本上我不知道我自己是誰。那時我明白，我是不同的，我不知道自己是誰，我需要弄清楚這一點。在中學時，我記得有人告訴我：「你不是法國人，你的頭髮是黑色的，你不是法國人，你的中文比法國人講得更好。」我曾經分享過一個故事，我在法律翻譯課上，參加這個班需要上一年的翻譯課，而我之所以與眾不同，是因為我被教授告訴我，我是一個與別不同的人，因為我是第一個非全華裔的人參加這門課，這門課是法律的翻譯與口譯，幾乎每個人都流利地講中文，而我卻是第一個更擅長英文而不是中文的人，因此他們不得不改變評分的方式，否則對我來說不公平。

在課堂上，教授問我是不是進錯課室，我用廣東話說：「不是呀」，我以為這樣就完結，但他指著投影器上說：「你能讀上面的中文嗎？」所以我不得不證明我能讀懂它，我也以為這樣就結束了，但那是一個很多人的課室，他繼續問我問題，像是「你為什麼會講廣東話？」或「你來自哪裡？」我感到非常尷尬，因為我覺得這在浪費大家的時間。但「你來自哪裡？」這個問題，當人們告訴你「你不是你所認為的那樣」時，想像一下這對一個人的自信心會造成什麼樣的影響？隨著時間的推移，情感上的壓力讓我感到自己像在擺盪的鐘擺上，不斷地根據他們想要的樣子而改變自己。我感到孤獨，只能依照他們想要的樣子去塑造自己，只能點頭微笑，然後結束。

在 2018 年，我偶然發現了「第三文化孩子」這個詞，感到很興奮，這可能解釋了我的感受，我終於能夠融入某個類別。這個詞是由美國社會學家 Ruth Hill Useem 創造的，她一生中花了很多時間研究第三文化孩子。她將這個詞定義為那些在父母文化之外度過了部分成長歲月的孩子，並創造了自己的文化。你們中有誰能認同自己是第三文化孩子的呢？這並不奇怪，因為香港是一個非常國際化的城市，這裡有很多像我們這樣的人，我們可以感受到這種聯結，這讓我們不

再孤單。

我們來舉個例子，來看看第三文化孩子的共同特徵，感受到歸屬感和對家的明確定義。我和我丈夫的照片是這個示範的完美例子，我是混血兒，但我流利地講廣東話，感覺自己完全融入當地的群體，但我永遠不會被認為是香港的本地人。而我的丈夫，長期在香港生活，當他去英國時，他也會感到自己是外來者。因此，「第三文化孩子」這個詞的定義對兩個人來說仍然是非常不同的。

我們渴望的其實是被接納和歸屬。對我來說，走到這一步的旅程很漫長，但感到完整的第一步是知道你的家在哪裡。第三文化孩子知道自己是不同的，但絕不是不完整的。感到完整的第二步是知道你並不孤單，因為有時這已經足夠了。這對我來說是有效的，當我幾年前開始在我的 Instagram 上分享時我其實很猶豫要不要發這些內容，因為我覺得可能沒那麼多人能夠理解我所經歷的文化體驗，但我的系列吸引了數百萬人共鳴，與我一起笑、一起哭，這種感覺非常強大，讓我終於成為一個群體的一部分，讓我不再孤單。

而且，我們幾乎是天生雙語的，這有多酷呢？我告訴你，

這有多酷，通過科學來說明。科學從來不是我的強項，我沒有資格申請這所大學或其他很多大學，但我們將談論科學，特別是多語言能力如何影響大腦。語言是通往不同文化的窗口，但它的範疇不僅僅是知道不同的句子和隱喻。讓我們看看 Thomas Bak 博士的研究，他在 1947 年對 853 名參與者進行測試，當時他們都 11 歲，63 年後再次測試他們，當時他們都已經 70 多歲。他們接受了注意力測試和集中力測試，因為他發現雙語學生似乎表現更好，所以他想進一步了解。

結果令人震驚，那些學習新語言或雙語的人在智力和閱讀理解上都有積極影響。此外，成年人在成年後學習第二語言也會有積極影響，因此學習第二語言永遠不會太晚，你總是可以做到，而且這實際上會對你的大腦帶來相同的認知益處。我發現最令人著迷的是，那些雙語的人擁有更好的思維能力和記憶力。原因是，我們的大腦非常複雜，但當你學習第二語言時，大腦中的語言區域實際上會創造出新的區域，這強化了大腦自然而然的專注能力。這一切我之前都不知道，另外，雙語的人還被發現更具創造力。但對我來說，最令人著迷的部分是，雙語使用者被發現擁有更多的同理心。這是獨立存在的，這是一種可以學習的性格特徵，但當你了解的

不僅僅是一種文化，而不僅僅是自己時，你自然會對人性的不同層面更敏感，更具包容性，更願意接受別人的觀點。因此，如果世界上有更多的雙語人，這將會是一個更友善的地方。

我希望告訴你們，大腦真的很酷，如果你們在身份上掙扎，請知道這一點：沒有人是不完整的。你不能把一個人從中間切開，看到兩側。你是被愛的，是被接納的，你屬於這裡。我站在這裡，證明你所感受到的、所經歷的都是真實的。我希望這能驗證你的掙扎，並在自我探索的過程中安慰你。下次有人問我「你來自哪裡？」時，我將以驕傲的態度回答這個問題，希望你們也能這樣做。

Yeah!! Yeah
So Sweet
KISS KISS!
WAH!
Sun flower
I LOVE HONG KONG
Hi!!

Amazing
LOVE
See you
Dear diary

Dear diary

J Lou 林欣

香港 YouTuber、主持、演員，港法混血兒，憑藉標緻混血外表和搞笑形象，在網絡上吸引大批支持者，近年亦有參與電視節目及電影製作。J Lou 在 Instagram 上擁有逾 75 萬粉絲，自 2016 年創立 Youtube 頻道後，訂閱人數不斷增加，至今累積超過 36 萬訂閱人數。

在香港土生土長的 J Lou，精通粵語、普通話、法文、英文，在網絡上經常分享搞笑日常，曾經四次受邀請上 TED Talk 分享。J Lou 在社交媒體上經常分享文化差異及代溝議題等引起大眾共鳴，至今最受歡迎的影片是「激親媽咪」系列影片，當中一條影片觀看次數更超過 600 萬。

@jlouofficial

@JLou0

Yeah!!
So Sweet
WAH!

Good Year Publisher

香港製造，呈現香港人故事。

本身有寫書的「腦細」希望為香港出版界帶來新的經營模式，鼓勵作者自由創作，同時確保他們能獲取應得的收入；並堅持僱用香港員工、在香港印刷，誓要成為真正的香港出版社

出版作品包括：

犯罪鳥歌 2 屍山血海

毛守救援——
用一生守護流浪毛孩

徐天佑——
療癒覺醒

韓國原來如此地獄？！
在地香港三寶媽的生存手記

比賽之形，人生之型：
劉慕裳

如何活出燦爛人生

再一次，放浪地球

Zoe 教你生酮飽住瘦

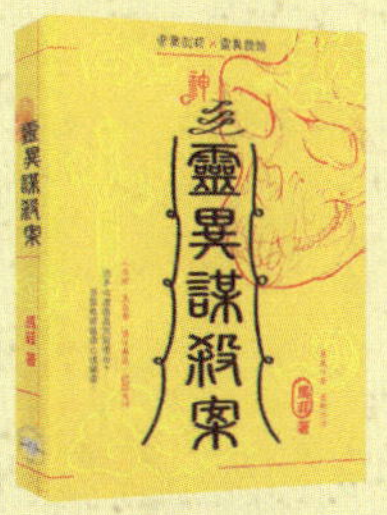

靈異謀殺案

衛城道 6 號

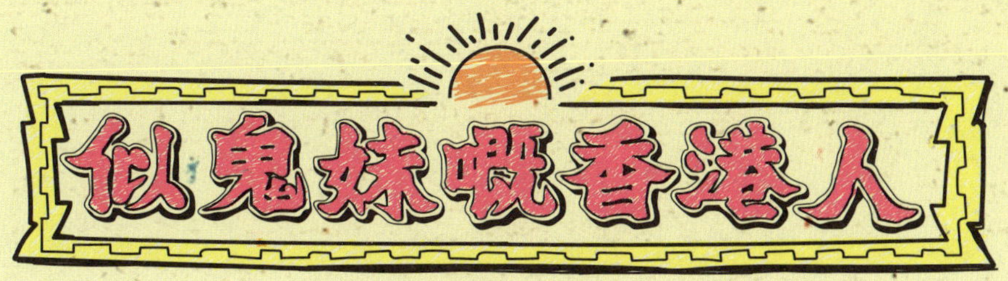

作　者：J Lou 林欣

藝人管理：Chillsolution Limited

藝人統籌：Natalie Chan, Kay Lau

出版人：卓煒琳

編　輯：Chorsei

設　計：#rickyleungdesign

出　版：好年華生活百貨有限公司

地址：香港葵涌和宜合道 151-157 號
勝利工業大廈 5 樓 A 座 14 室

查詢：gytradinggroup@gmail.com

發　行：一代匯集

地址：香港旺角龍駒企業大廈 10 樓 B and D 室

查詢：2783 8102

國際書號：978-988-70842-1-1

出版日期：2024 年 11 月

定價：港元 $125

Good Year Publisher